ORC HERO
STORY

오크 영웅 이야기
촌탁열전

Judith
주디스

요새 도시 클라셀의 신입 기사.
어떤 이유로 오크에게 강한 증오를
가지고 있다.

오크 주제에 나를 너무 짜증나게 만들지 말라고!

교양이 있는 자는 이미 직접 행동하고 있겠군.

Thunder Sonia
선더 소니아

전쟁 당시에 데몬 왕을 쓰러뜨린 대영웅
중 하나로 엘프 대마도사. 배시와는 깊은
인연이 있는 모양인데……,

Characters

ORC HERO STORY

Bash

Zell

젤

배시의 과거 전우로
호기심이 왕성한 페어리.
여행 도중에 재회하여
배시의 여행에 동행한다.

여행의 목적은 사적인 일이다,
간단히 말하면 물건을 찾고 있지.

당신은 스스로
아내를 찾는 여행에 나섰다……

그런 이야기군요!

배시

모든 오크족이 동경하는 오크의 『영웅』.
수많은 상대를 쓰러뜨리고 전장에
승리를 가져다준 최강의 전사.

모든 적을 정면으로 타도하고
모든 적에게 두려움을 산, 오크의 영웅.
오크에게는 진정한 비장의 수단.
그의 일격은 누구도 미처 받아낼 수 없다.

……벅베어 세 마리가 날카로운 일격을 펼쳤다.

벅베어가 땅을 박차는 것과 동시에 순식간에 고깃덩어리로 변했다.

리후진 나 마고노테
illustration
아사나기
Rifujin na Magonote
Asanagi
오크
영웅
이야기
촌탁열전

일러스트 — 아사나기

촌탁: 타인의 심정을 헤아리는 것, 또한 헤아린 상대에게 배려하는 것.

(출처: 프리 백과사전 『위키피디아(Wikipedia)』)

프롤로그

일찍이 큰 전쟁이 있었다.

크나큰, 기나긴 전쟁이다.

바스토니아 대륙 전역이 전장으로 변한, 언제 끝날지도 알 수 없는 진창 같은 전쟁이다.

전쟁의 발단은 아무도 기억하지 못한다.

엘프의 오랜 전승에 따르면 처음은 데몬 왕자가 휴먼 나라의 공주를 납치한 일이라고 한다. 혹은 드워프의 전승에 따르면 휴먼 왕이 데몬의 마을을 공격하여 멸한 일이라고 한다.

전승을 통합한다면 휴먼과 데몬이 발단이었다는 것은 틀림없지만 어느 쪽이 잘못인지 따위를 생각하는 사람은 이미 남아 있지 않았다.

단 하나 말할 수 있는 것은, 그 전쟁은 오천 년 이상 이어졌다는 것뿐이다.

바스토니아 대륙에 사는 열두 종족을 끌어들여서.

모두가 이 전쟁은 미래영겁, 계속 이어질 것이라고 생각했다. 태어났을 때부터 전쟁 중. 아버지도 어머니도, 할아버지도 할머니도 그랬다. 모두가 그렇다. 모두가 평화로운 시대 따윈 기억하지 못했다. 오백 년의 세월을 산다는 엘프조차 그것은 다르지 않다.

모두가 자신들은 싸우는 존재라고 생각했다. 자신들의 자식도, 손주도 계속 싸울 것이라고 생각했다. 무엇이 계기가 되어 벌어진 전쟁이고 무엇을 어떻게 하면 끝날 것인지, 아는 자는커녕 생각하는 자조차 없었다.

하지만 그런 전쟁은 어느 날, 맥없이 끝을 고했다.

전쟁의 발단은 아무도 기억 못 하지만 끝의 발단은 모두가 기억한다.

데몬 왕 게디구즈다.

그가 나타나고 전황은 바뀌었다.

데몬 왕 게디구즈라는 이는 걸물이었다.

역대 데몬 왕 가운데도 특히 카리스마가 강하여 왕으로 재위한 백 년 만에 데몬족을 필두로 한 오거, 페어리, 하피, 서큐버스, 리저드맨, 오크의 일곱 종족 연합을 일치단결시키고 종족들을 짝 맞춘다는 편성을 고안하여 이제까지 없는 새로운 전투 교의를 만들어내서, 휴먼이 이끄는 네 종족 동맹을 압도하고 지배 영역을 크게 넓혔던 것이다.

네 종족 동맹에게 악몽 같은 일이었다.

그때까지 일곱 종족 연합은 함께 싸우기는 해도 연계하여 공격한 적은 없었다.

거구이고 이동 속도가 느린 오거를 하피가 공중 수송하거나, 서큐버스의 분홍색 농무 매혹 미스트가 만연하는 습지대를 매혹이 효과가 없는 리저드맨이 돌파하여 강습하거나…… 그때까지 우발적으로만 이루어졌던 연계에 처음부터 연계를 갈고닦아서 간신히 호각이었던 네 종족 동맹은 저항할 수가 없었던 것이다.

하지만 동시에 기회이기도 했다.

데몬 왕 게디구즈가 한데 모은 군대는 이제까지의 일곱 종족 연합으로서는 불가능할 만큼 일치단결했다.

강하기에, 카리스마가 있기에 그 자신이 약점이 된 것이었다.

물론 그것을 네 종족 동맹이 안 것은 아니었다.

그저 우선 게디구즈를 쓰러뜨리지 않으면 자신들을 기다리는 것은 패배뿐이라고 쉽게 예상할 수가 있던 것이다.

이리하여 게디구즈는 토벌당했다.

레미엄 고지 결전에서 휴먼 왕자 나자르, 엘프 대마도사 선더소니아, 드워프 전귀(戰鬼) 드래드러드뱅거, 비스트 용사 레토. 이들 넷이 이끄는 결사대가 데몬군 깊숙이 침입하여 데몬 왕 게디구즈를 친 것이었다.

많은 희생자가 나왔다.

드워프 전귀 드래드러드뱅거와 비스트 용사 레토는 게디구즈와의 결전에서 목숨을 잃고, 결사대의 반 이상이 죽었다.

게디구즈를 친 뒤의 철수전에서 휴먼 왕자 나자르 역시도 중상을 입었다.

게디구즈가 죽은 뒤의 변화는 극적이었다.

왕을 잃은 일곱 종족 연합은 순식간에 통솔을 잃었다. 그들은 금세 놀랄 정도로 뿔뿔이 흩어졌다.

게디구즈를 대신할 자는 누구도 준비되어 있지 않았다.

대략적인 지시조차 내릴 자가 사라지고 일곱 종족 연합의 지휘계통은 궤멸적인 타격을 받았다.

일곱 종족 연합은 언제까지고 내려오지 않는 지시를 기다리며 전장을 우왕좌왕할 수밖에 없었고…… 네 종족 동맹에게 소탕당했다.

각 종족의 왕이 직접 지휘를 맡지 않았다면 그대로 몇몇 종족은 멸망했을 것이다.

데몬족을 필두로 하던 일곱 종족 연합은 산산이 흩어지고, 게디구즈가 왕으로서 군림하기 전과 마찬가지로 각 종족이 각자 싸우기 시작했다.

오거는 하피와, 서큐버스는 리저드맨과, 오크는 페어리와 각자 짝을 맞추었기에 서로 연계를 취했지만 어디까지나 전술 레벨의 수준에 불과하여 각지에서 패배를 거듭했다.

게디구즈 왕이 죽고 오 년. 고작 오 년 만에 일곱 종족 연합은 모든 영토를 빼앗겼다.

백 년 동안 손에 넣은 영토를 모두, 말이다.

일곱 종족 연합의 입장에서는 그대로 공격을 당하여 멸망하더라도 이상하지 않은 상황이었다.

그만큼 네 종족 동맹에는 기세가 있었다.

하지만 화친이라는 안이 나왔다. 다름 아닌 휴먼 왕자 나자르가 네 종족 회의의 자리에서 그 안을 냈다. 그들에게 최후의 기회를 주자. 그들에게 화친을 제안하자고.

그것은 길고 긴 전쟁 가운데서도 특히 격전이 되풀이된 백 년 동안 더없이 피폐해진 백성의 목소리 그 자체였다.

실제로 네 종족 동맹도 한계였던 것이다.

게디구즈가 군림한 백 년 동안, 휴먼도 엘프도 드워프도 비스트도 숫자가 줄어들었다.

　평균 수명은 크게 감소하고 아이를 제대로 기를 만큼의 토대조차 사라지려고 했다.

　모두가 쉬고 싶었다. 이제 제발 그만해달라고 생각했다.

　혹시 만에 하나, 궁지에 몰린 쥐 신세가 된 일곱 종족 연합이 또다시 일치단결하여 결전을 벌인다면 어떻게 될까.

　이길 수 있을 것이다.

　하지만 그 후에는 어떻게 되나. 혹은 그대로 함께 끝이 나버리지는 않을까.

　아직 선택권이 있을 때, 평화를 향해 방향타를 움직이자.

　나자르는 그리 주장했던 것이다.

　네 종족 동맹의 높은 사람들은 "그들은 절대로 화친에 응하지 않는다"라는 생각을 고집했지만, 실제로 화친을 제안해봤더니 신기하게도 응하지 않는 종족은 없었다.

　말이 통하는지조차 불안하게 여겨지던 오거, 싸움과 강간이야말로 지상 목표라고 그러는 것만 같은 오크까지도 불리한 조건을 받아들여 간단히 화친에 응했다.

　그리하여 전쟁은 끝났다.

　기나긴 전쟁은 간신히 끝을 맞이한 것이었다.

◆

　그로부터 삼 년.

평화로운 시대를 기념하여 『평화력』이라고 이름 붙여진 연호의 삼 년째.

사람들은 긴 전쟁이 끝났다는 사실에 어쩐지 여우에 씐 것 같은 시간을 보내고 있었지만 전쟁으로 파괴된 마을이 부흥하고, 상인들이 진행하는 타 종족과의 무역이 궤도를 타기 시작하고, 아이가 태어나고, 인구 증가의 기미가 드러나기 시작하자 모두가 점차 평화를 자각하기 시작하여 새로운 일을 시작하려 들게 되었다.

학문, 예술, 장사, 오락…… 그때까지 경시되던 것이 중요시되며 각 종족의 상식도 변화하기 시작했다.

새로운 시대의 개막이 끝나고 이어지는 일 막으로 나아가려 했다.

이 이야기는 그런 시대의, 어느 종족의 나라에서 시작된다.

오크의 나라이다.

OF

제1장

휴먼의 나라

Human country

STORY

C HERO

요새 도시 클라셀 편

Episode Clasel

1. 영웅의 출발

오크.

녹색 피부와 긴 송곳니, 독이나 병에 걸리지 않는 강인한 육체를 지닌 호전적인 종족.

특히 이야기해야 할 것은 강한 성욕을 지녔다는 사실이리라.

그들에게 번식이란 생물적으로 필요한 행위임과 동시에 일상적으로 진행되는 오락이기도 했다.

싸우고, 먹고, 범한다.

오크에게 싸움으로 손에 넣은 수급의 숫자와 여자가 배게 만든 아이의 숫자는 동등한 가치를 지닌다.

많은 아이를 남기고, 싸우는 중에 죽는다. 그것이야말로 오크가 바라는 최고의 삶이다.

튼튼한 몸에 강한 번식력.

그들은 생물로서 이 이상 없는 조건을 갖추었지만 사실 한 가지 단점도 품고 있었다.

그것은 『기본적으로 수컷밖에 태어나지 않아서 다른 종족의 자궁을 빌리지 않으면 번식할 수 없다』라는 것.

전쟁 중에는 적국의 여자 병사를 포로로 붙잡아서는 더는 못 쓸 때까지 아이를 낳게 만들었던 사실이 있어서, 일부 종족들은 오크를 매우 기피하며 싫어했다.

"이봐, 저기 있는 거……『히어로』아냐?"

배시.

그런 이름이 붙은 남자는 오크라는 집단 안에서 뛰어난 힘을 가진 우수한 전사였다.

그는 누구보다도 빨리 전장으로 달려가고 누구보다도 오래 전장에 남아서 누구보다도 많은 적을 쓰러뜨렸다.

그는 수많은 오크를 구원하고 수많은 전장을 승리로 이끌었다.

어떤 강력한 적일지라도 정면으로 맞서고, 그리고 쓰러뜨리는 모습은 그야말로 오크의 이상을 구현한 모습이라고 일컬어졌다.

그런 공적을 칭송하여 그에게는 『히어로』의 칭호가 주어졌다.

히어로. 다시 말해 영웅.

그 칭호는 오크 최강을 가리키는 것이자 최고의 명예였다.

당연히 모든 오크가 동경하는 대상이기도 했다.

"크으……『히어로』, 역시 멋지네!"

"나, 전부터『블랙 헤드』를 쓰러뜨렸을 때의 이야기를 들어봤으면 좋겠다고 생각했는데……."

영웅의 칭호를 얻은 배시는 모든 것을 손에 넣을 수 있었다.

큰 집. 훌륭한 무기. 미처 다 먹을 수 없을 정도의 식량. 미처 다 쓸 수 없을 정도의 특권. 그리고 모든 오크가 보내는 존경과 신뢰.

오크 젊은이가 바라는, 거의 전부였다.

"……어, 나 잠깐 다녀올게."

"멍청한 자식! 조용히 술을 마시고 싶으시다는 걸 모르겠냐고!"

"미, 미안해……. 그러네. 우리가 가볍게 이야기를 걸어도 되는 상대가 아니겠지."

그런 배시에게는 고민이 있었다.

그는 주위로부터 모든 것을 손에 넣은 것처럼 여겨졌지만 사실은 아직 손에 넣지 못한 것이 있었다.

아니, 손에 넣지 못했다는 표현은 이상하다. 굳이 말하자면 가지고 있어서는 안 되는 것을 아직 버리지 못했다고 해야 할까.

마치 꺼지지 않는 불에 지펴진 오래된 반지처럼…….

"확실히 나도 『히어로』의 이야기는 듣고 싶거든? 게다가 여자 취향이라든지, 그런 것도 말이야!"

"히어로의 여자 취향인가…… 역시 휴먼일까?"

"멍청이! 『히어로』라고? 휴먼이나 엘프 같은 잡다한 여자, 전쟁 중에 너무 안아서 완전히 질렸을 테지. 최근에는 번식장 쪽에도 모습을 보이지 않는 모양이야."

"휴먼이나 엘프한테 질렸다……. 그럼 설마 드래고뉴트라든지? 그런 전설의 종족을?!"

"그럴 듯한데! 『히어로』라면 말이야!"

배시는 술집에서 홀로 카운터에 앉아 화주를 마시며 오늘도 고민하고 있었다.

대체 어떻게 하면 그것을 버릴 수 있을까…….

아니, 버리는 것뿐이라면 당장에라도 할 수 있다. 하지만 이곳 오크의 나라에서 배시는 무척 주목받고 있었다. 버린다면 반드시 누군가가 보고 만다. 그리고 알려지고 만다, 이제까지 '가지고 있었다'라는 사실을.

오크의 영웅으로서…… 아니, 한 사람의 오크로서 그 사실이 알려져서는 안 된다.

알려진다면 그 순간 배시의 자부심과 긍지는 쉽게 무너져버릴 것이다.

모든 오크가 보내던 존경은 한순간에 비웃음으로 바뀔 것이다.

거의 없다시피 한 배시의 자존심은 너덜너덜하게 상처를 입고, 다음 날부터 두건이라도 뒤집어쓰고서 살아야만 하는 신세가 된다……. 더는 살아갈 수조차 없다.

"어, 나, 역시, 물어볼래!"

"그만두라고. 너무 불경한 짓이잖아."

"아—니! 이제까지 품었던 것 가운데 가장 좋은 여자는 누구였는지 물어보는 것 정도라면 그렇게 실례가 되지도 않을 거야. 휴먼 여기사인지 엘프 여장군인지 비스트 공주인지는 모르겠지만!"

배시는 일어섰다.

키는 이 미터 이상. 오크 가운데는 작은 체구지만, 몸에 새겨진 흉터는 그의 싸움을 이야기하고 단단히 조인 근육은 이 자리에 있는 누구보다도 밀도가 높았다.

그리고 말할 나위도 없이, 자세에는 틈이 없고 온몸에서는 다가가기 힘든 기운이 넘쳐났다.

그는 찌릿, 자신에게 다가오려는 남자 쪽을 노려봤다.

"……."

그 시선 한 번에 오크 남자는 멈췄다.

"죄, 죄송합니다! 이 녀석, 조금 어린애 같아서, 잘 타일러 둘 테니……."

곧바로 다른 하나가 머리를 숙였다.

누군가 노려본 것 정도로 오크가 머리를 숙이다니, 그저 부끄러운 일일 뿐이었다.

하지만 상대가 『히어로』라면 이야기는 다르다. 오히려 머리를 숙이지 않는 것이 부끄러운 일이었다.

"흥."

배시는 콧김을 한 번. 술집 출구로 걸어갔다.

"하아…… 멋져……."

그런 일련의 흐름에 주위의 오크들은 감탄을 흘렸다.

압도적이었다. 그야말로 강자였다.

평범한 오크가 저렇게 젊은이가 동경하는 시선으로 다가온다면 금세 싱글벙글, 자랑을 시작해버렸을 것이다.

『뭐냐, 애송이. 이 몸의 이야기를 듣고 싶은 거냐? 앗하하, 좋아. 가르쳐주지. 그건 아르캉시엘 평원 전투 때지. 이 몸은 적의 대군을 향해 용맹하게 어쩌고저쩌고, 그러자 적 아무개가 어쩌고저쩌고…….』

물론 그것도 좋다.

오크의 가치관으로 말하면 자랑 역시도 오크의 전사다운 행동이었다. 전장에서 자신의 공적을 자랑하는 게 무엇이 나쁜가. 당연한 권리였다.

혹은 기분이 나쁘다며 젊은이를 후려쳤을 것이다.

『거슬린다, 인마! 조용히 술 마시려는 걸 모르겠냐!』

그것도 좋다. 애송이에게 사나운 전사가 어떠한 것인지 실천으로 가르쳐주는 것 또한 오크다.

이 젊은이도 배시에게 얻어맞는다면 만족했을 것이다. 평생의 추억으로, 보물 상자에 넣어둘지도 모른다.

하지만 배시가 보여준 태도는 그것들보다도 위였다.

그가 보여준 것은 그야말로 『너 같은 하찮은 오크 따윈 상대하지 않는다』라는 의사표시였다.

그렇다마다. 오크 강자는 이래야만 한다.

이것이야말로 맹자의 품격이다. 영웅은 흔해빠진 잔챙이 따위를 상대해서는 안 되는 것이다.

자신들은 그런 배시와 같은 공간에서 술을 마시고 있었다.

젊은이들에게는 그것만으로 충분했다. 그만큼 배시의 행동은 멋있었다.

가슴이 벅찰 만큼.

"크으…… 나도 저 사람처럼 되고 싶어."

"멍청이, 그야 당연히 평생 무리잖아!"

"나도 알아! 하지만 물어보고 싶었는데, 이제까지 품었던 여자 이야기……."

술집 안에서 들리는 그런 목소리를 들으며 배시는 작게 한숨을 내쉬었다.

혹은 식견이 있는 자가 본다면, 귀로로 접어드는 그 두터운 뒷 모습은 어쩐지 작게 보인다는 사실을 깨달았을 것이다. 보폭도 살짝 좁아서 어쩐지 겁먹은 것처럼 보이기조차 했으리라.

그렇다, 바로 지금 그 젊은이는 배시의 고민을 직격했다.

이제까지 품은 여자?

이제까지 품었던 것 가운데 가장 좋은 여자?

그런 질문을 받아도 그저 곤란했다.

왜냐면 그의 고민. 모든 것을 손에 넣을 수 있던 그가 아직 버리지 못한 것.

그것은⋯⋯.

"하아, 동경하게 되네. 대체 이제까지 몇 명의 여자를 범하고 임신하게 만들었을까⋯⋯."

'⋯⋯없다고.'

동정이었다.

◇

배시는 긴 전쟁 가운데 태어났다.

전쟁 중, 포로가 되어 잔뜩 범해진 휴먼 암컷의 배에서 기어 나온 초록색 오크.

그것이 그였다.

그는 태어나서 오 년째에 검을 들고, 십 년째에 전장에 나와서 적을 쓰러뜨렸다.

아무리 싸움을 좋아하는 오크라고 해도 열 살에 첫 전투는 이르다.

열 살이라니, 아무리 그래도 전사로 취급하기엔 어리석을 정도로 어린 연령이다.

실제로 열 살 남짓으로 첫 전투에 참가한 오크 대부분은 하잘것없이 어린 목숨을 잃었다.

하지만 당시에는 데몬 왕 게디구즈가 생각한 전투 교의가 있었던 덕분에, 열 살의 어린 오크라도 그럭저럭 생존율을 자랑하게 되었다.

어디까지나 '그럭저럭'이지만…….

다행히도 배시는 죽지 않았다.

처음 일 년에는 몇 번이나 죽을 뻔했지만, 이 년째에는 한 사람의 전사가 되고, 삼 년째에는 일류 전사가 되고, 사 년째에는 굴지의 전사가 되고, 오 년째에는 오크의 나라에서 따를 자가 없는 최강의 전사가 되었다.

최강의 전사.

그렇다, 그는 전쟁의 신이 점지한 아이였던 것이다.

전장은 항상 열세였지만 배시가 있는 곳만큼은 달랐다.

그가 있는 전장에서는 휴먼이나 엘프, 드워프의 피가 비처럼 쏟아지고 내장이 흩뿌려졌다.

그곳에 어떤 상대가 있을지라도 배시는 싸우고, 이겼다.

맹자라고 불리는 자, 검호라고 불리는 자, 수라라고 불리는 자, 모든 이를 무찌르고 전장에 승리를 가져다줬다.

그러면서도 배시는 쉬지 않았다.

배시는 하나의 승리를 거두고는 곧바로 다음 전장으로 향했다.

싸움 다음에 싸움.

지칠 줄 모르는 최강의 전사는 밤낮을 불문하고 끝까지 싸웠다.

휴식을 취하는 것은 사흘에 한 번, 만능약인 페어리의 날개 가루를 몸에 뿌리고 아주 잠깐의 시간 동안 잘 뿐이었다.

배시는 그것에 아무런 의문도 품지 않았다. 자신은 오크의 전사로서 당연한 행동을 한다고 생각했다.

배시의 전투력은 압도적이었다.

각국에서 "이상한 오크가 있다"라며 두려워했다.

실제로 싸우고서 살아남은 자는 "저건 전쟁의 신 구다고자의 화신이다"라며 겁을 먹었다.

전후, 휴먼 대장군에게 "그 오크가 전장에 나오는 게 오 년만 빨랐다면 패배한 것은 우리였을지도 모른다"라는 말까지 들었다.

하지만 그런 배시도 결국에는 개인.

완력이 강할 뿐인 일개 병졸에 불과했다.

일부에서는 승리할 수 있어도 대국을 바꿀 정도의 힘은 없었다.

배시가 싸움을 시작하고 십 년째에 데몬 왕 게디구즈가 토벌당하고 십오 년째에 전쟁은 종결되었다.

전쟁에는 졌지만 배시는 히어로의 칭호를 얻고 많은 것을 손에 넣었다.

커다란 집과 미처 다 먹을 수 없을 정도의 식량과 무기를 손에 넣고, 나라에 존재하는 수많은 오크가 보내는 선망의 시선.

하지만, 깨달았다.

아니, 알아버렸다고 해야 할까.

보통 오크라는 존재는 싸움만 하는 것이 아니라는 사실을.

보통 싸움이 끝나면 여자는 가져가서 범하는 것이었다는 사실을.

전쟁이 끝났을 때, 어깨를 나란히 하고서 싸운 전사들 가운데 동정 따원 하나도 없었다는 사실을.

이제 와서 말할 수는 없었다.

자신에게 경험이 없다고는. 자신이 동정이라고는.

깨달은 것이 너무도 늦었다. 혹시 전쟁 중이었다면 이야기는 달랐을 것이다.

평소처럼 적 부대를 궤멸시키고, 남은 여자 병사를 나무 그늘에라도 끌고 가서 화려하게 동정을 버리면 그만이었다. 그리고 몇 번인가 연습을 거듭하고 이건! 이라고 생각한 여자를 데려가서 아이 한둘이라도 낳게 만들면 그만이었던 것이다.

하지만 지금은 불가능했다.

오크가 소속된 일곱 종족 연합은 패배했다.

오크 역시도 화친에 응했다.

무조건 항복이라고도 할 수 있는 조약을 맺었다.

그리고 그 조약 가운데는 "다른 종족과의 합의 없는 성행위를 금지한다"라는 것이 있었다.

다시 말해서 강간 금지였다.

당연하다고도 할 수 있는 조약이지만 오크에게는 믿을 수 없는 내용이었다.

그것을 금지당한다면 번식이 불가능하다. 멸망할 수밖에 없지 않은가.

하지만 받아들일 수밖에 없었다.

지금 당장 멸망하는 것보다는 나았다.

멸망하는 편이 낫다. 최후의 한 사람이 남을 때까지 싸우자……라는 의견도 나왔지만 오크 킹이 꺾어 눌렀다.

다행히도 다른 종족으로부터 사형수나 중범죄자 등의『봉사 담당』을 받게 되어, 번식을 못 하여 전멸한다는 개념은 사라졌다.『봉사 담당』이란 번식장에 묶여서 오크를 상대가 된 자들이다. 적어도 아이를 낳을 수 있는 동안에는 오크의 아이를 계속 낳게 된다.

그래서 솔직히 말하면 배시는 언제든지 동정을 버릴 수 있었다.

번식장에 가서『봉사 담당』을 쓰면 그만이었다. 간단했다.

『봉사 담당』사용은 전쟁 중의 공적에 따른 우선순위가 정해져 있는데, 배시라면 대기 시간은 없었다. 당장 동정을 버릴 수 있을 것이다.

하지만 배시가 번식장에 가면 다른 이들이 우르르 몰려들 것이다.

오늘은『영웅』의 늠름하고 당당한 교미를 볼 수 있다면서.

……굳이 말할 것도 없는 일이지만, 동정인 배시에게 그런 용맹한 교미는 불가능했다.

그가 할 수 있는 것은 숫된, 위태로운, 무참하고 우스꽝스러운, 오크에게는 동정한테나 허락될 수준의, 수치스러운 교미뿐이었다.

그렇다, 이곳 오크의 나라에서 동정을 버린다는 것은 동정이었다는 사실이 발각된다는 의미였다.

배시로서는, 그것은 피해야만 했다.

그런 수치를 당할 수는 없었다.

한 사람의 남자로서 부끄럽다는 것도 있겠지만 배시는 오크의 영웅이다.

영웅은 언제든 하나. 명예롭고 긍지 높은 존재다. 오크의 영웅이 동정이라는 사실이 알려진다면 오크라는 종족 전체의 긍지에 손상이 간다. 배시가 동정이라는 것은 평생을 감추어야만 하는 사실이었다.

그렇다고 해서 평생 동정으로 지낼 생각도 없었다.

배시도 젊은 오크다.

여자를 넘어뜨리고 몸 안에 자신의 성욕을 해방하여 아이를 배게 만들고 싶다는 욕구는 강하게 지니고 있었다.

그것만이 아니었다.

강한 전사에게는 아이를 남길 의무도 있다.

오크 킹도 그가 빨리 번식장의 암컷을 임신시켜서 아이를 만들어달라며 강하게 바라고 있었다.

아아, 하지만 동정이라는 사실이 발각되는 것은 부끄럽다.

오크에게 동정이라는 것은 무척 부끄러운 일이었다.

배시는 동정이지만, 그래도 오크의 영웅으로서 긍지를 지녔다.

술집에서 선망의 눈빛으로 자신을 바라보는 젊은 오크들을 실망시키고 싶지 않았다.

그런 감정의 딜레마에 빠진 배시는 고민을 거듭했다.

전쟁이 끝나고 삼 년 동안 계속 고민했다.

하지만 스물여덟.

배시는 올해로 스물여덟 살이 되었다.

앞으로 2년, 동정으로 계속 지낸다면 마법을 쓸 수 있게 되어 버리는 연령이었다.

오크는 특수한 훈련을 쌓지 않더라도 동정으로 서른을 맞이하면 마법을 쓸 수 있게 되고 만다.

오크 메이지는 귀중한 전력이다.

대부분이 전사인 오크에게는 마법을 쓸 수 있다는 사실만으로 귀중했다.

그들은 여자와 분리된 특수한 환경에서 격리되어 자라고, 마법을 쓸 수 있게 되면 이마에 문장이 떠오른다.

그 문장을 가진 사람은 기본적으로 존경받는다.

삼십 년 동안 참고 나라에 공헌한 증거니까.

하지만 그것은 어디까지나 오크 메이지의 이야기. 오크 워리어, 다시 말해 전사에게 이 문장이 붙는 것은 더 이상 없을 정도의 수치로 일컬어졌다.

『마법 전사는 오크의 치부』라는, 오래전부터 전해지는 격언이 있다.

오크에게 전장에서 여자 병사를 쓰러뜨린다는 것은 데리고 가서 강간한다는 것과 같은 뜻이었다. 다시 말해서 오크의 마법 전사란 『십여 년이나 전장에 나갔으면서도 한 번도 승리하지 못했을 정도로 약하고 겁쟁이인 전사』를 가리키는 것이었다.

평생의 수치다.

그런 수치를 당할 바에야 전장에서 화려하게 스러지고 싶다.

어쨌든 그런 나이까지 앞으로 2년.

잠자코 있어도 자신이 동정이라는 사실은 들키고 만다.

"좋아."

그리고 그는 결의했다.

◇

그날 배시는 눈을 뜨고 자신의 애검을 손에 들었다.

잘 정비된 검은 전장에 나서서 육 년째, 전장에서 데몬 부대를 구출했을 때에 답례로 데몬 장군이 선물한 물건이었다.

두껍고 튼튼, 녹슬지 않고 베는 맛도 유지되는 마법의 검이었다.

그런 튼튼함 덕분에 배시는 그 후로 한 번도 무기를 잃지 않고 계속 싸울 수 있었다.

그야말로 파트너였다.

그런 검을 등에 지고 가죽 갑옷을 입었다. 오크는 계급이 올라갈수록 중후한 방어구 착용이 허락되었다.

영웅인 배시는 최상위인 금속제 전신 갑옷을 입을 수 있었지만, 그가 입은 것은 익숙한 경갑옷이었다.

갑옷 따윈 어차피 하루만 싸우면 망가져 버리는 것이니까 입을수록 낭비 정도로 생각했다.

그 후, 집 안을 간단히 청소했다.

청소가 특기인 오크는 의외로 많았다. 왜냐면 전장에서는 자신의 흔적을 지울 필요를 강요당하는 때가 있으니까. 우수한 전사는 흔적은커녕 발자국 하나 남기지 않는다.

배시도 청소는 특기였다.

그렇지만 배시도 그렇게까지 철저하게 청소할 생각은 없었다. 적당히 정리한 뒤, 배시는 집에서 나왔다.

"……."

배시는 집에서 나와서는 딱 한 번 고개를 돌려서 올려다봤다.

배시의 집은 오크의 나라에서 두 번째로 큰 집이었다.

하지만 이 집은 배시가 혼자 살기에는 너무 컸다.

본래라면 손님이 매일 같이 밀려들고, 밤낮없이 술자리를 펼치며 배시의 무용담을 듣는 잔치가 열리는 곳이었을 것이다.

하지만 동정이라는 사실을 그저 숨기고 싶은 배시는 결코 그런 잔치를 허락하지 않았다.

무용담을 이야기하게 된다면 여성 경험도 언급해야만 하기 때문이었다.

배시는 발길을 돌리더니 목적지로 가는 길을 걷기 시작했다.

"아, 배시 씨다……."

배시가 길을 걷자 오크 전사들이 뺨을 붉게 물들이며 길을 비켰다.

평소에는 "길? 지나갈 거라면 죽여보든가. 네놈의 몸통과 모가지가 작별하기 전에 말이야" 같은 소리를 하는 오크 전사들이, 말이다.

"오늘도 『히어로』는 멋지네……."

"저 방향, 족장한테 가는 걸까? 무슨 이야기일까?"

"설마 차기 족장 이야기 아닐까?"

"어어~~, 배시 씨가 차기 족장인가! 장난 아니잖아. 진짜 장난 아닌데. 나, 반드시 가장 먼저 충성을 맹세할 거야."

"멍청이, 너…… 당연히 내가 제일 처음이잖아?"

그런 목소리를 들으며 배시는 거대한 건물 앞에 다다랐다.

거대한 뼈와 거목을 조합하여 만들어진 그것은 오크의 마을에서 가장 거대한 건축물이었다.

안으로 들어가면 큰 공간으로 되어 있고 항상 화톳불이 피워져 있었다.

가장 안쪽에서는 오크 몇 명이 바닥에 앉아서 함께 식사를 하고 있었다.

"배시 씨……!"

"아버지, 배시 씨임다."

"배시 씨, 같이 식사하시겠습니까?"

바닥에 앉은 이들은 저마다 배시를 환영했다.

그들은 배시와 동년배이지만 모두 예외 없이 그를 동경했다.

배시가 전장에서 활약하기 시작했을 무렵에는 그를 싫어하던 자도 있었지만, 지금은 모두가 배시처럼 되고자 했다.

배시는 오크들의 영웅이었다.

"배시, 인가……."

그런 가운데 배시를 노려보는 자가 있었다.

가장 안쪽, 홀로 호화로운 의자에 앉은 거대한 오크였다.

하얀 수염을 기른 초로의 오크인데 크기는 배시의 두 배에 가깝고, 옆에는 키만큼이나 큰 철퇴가 놓여 있었다.

그의 이름은 네메시스.

오크 킹 네메시스.

성격은 굳세고 만용. 종전 직전까지 전선에서 계속 싸운 오크 중의 오크이자, 모든 오크들이 아버지로 경애하는 자이기도 한 오크의 왕이었다.

배시 역시도 그를 존경하고, 그리고 충성을 맹세했다.

"무슨 용무냐?"

네메시스의 시선은 무척 강했다.

평범한 오크라면 거품을 뿜으며 실신할 정도로 강했다.

"……."

하지만 배시는 동요하지 않았다. 그저 눈동자에 결의의 불꽃을 피우고 네메시스를 마주볼 뿐이었다.

그 불꽃을 받았는지 네메시스는 훗, 웃었다.

"아들들이여, 잠시 물러나라."

그리고 주위에서 식사를 하던 아들들을 별실로 물렸다.

아들들은 자신의 식량을 손에 들더니 불평도 않고 일어섰다.

왕과 영웅의 대화. 참을 수 없이 듣고 싶지만 그들 역시도 전쟁을 헤쳐 나온 오크 전사. 명령이라면 따르는 것이 전사의 규율이다.

아쉬워하면서도 그대로 집 밖으로 나갔다.

"……."

단둘이 된 뒤, 배시는 네메시스 정면에 앉았다.

사이에는 먹으려던 요리가 다소 남아 있었지만, 양쪽 모두 손을 대지는 않았다.

"……."

"……."

잠시, 두 사람은 묵묵히 서로를 바라봤다.

그 침묵은 크게 떠들듯이 이야기하는 것을 좋아하는 오크로는 여겨지지 않을 만큼 길게 이어졌다.

하지만 영원히 이어지지는 않았다.

화톳불이 파박, 소리를 내는 것과 동시에 네메시스가 입을 열었다.

"그 눈, 이미 결의는 굳은 모양이군."

"예, 저는……."

"다 말할 것 없다, 알고 있다."

배시가 결의를 입에 담으려고 하자 네메시스가 가로막았다.

"네가 번식장에 거의 얼굴을 내밀지 않는다는 것 정도는 내 귀에도 들어왔으니까 말이다……."

네메시스는 배시에게 날카로운 시선을 보내며 말했다.

"찾으러 가는 거겠지, 아내를."

"!"

오크 사회는 난교 사회였다.

한 여성을 여럿이 공유하고 많은 아이를 낳게 만드는 것이 일상이었다.

하지만 일부 우수한 피를 남기기 위해, 전쟁에서 공적을 남긴 전사에게는 아내를 맞을 권리가 주어졌다.

아내란 다시 말해 자신 전용의 여자였다.

자신의 신변을 돌봐주고, 그리고 자신만의 아이를 낳는 존재.

그것을 손에 넣을 수 있는 것은 그야말로 오크 인생의 최종 목표라고 해도 과언이 아닐 것이다.

아내라는 것은 특별한 존재다.

한정된 오크에게만 허락되는 훈장 같은 것이다.

그렇기에 극상의 여자가 요구된다. 예를 들면 그것은 나라에서 으뜸이라고 칭송받는 아름다운 공주이거나, 여자의 몸으로서 기사단장까지 올라온 여기사이거나, 천 년에 한 번 나오는 천재라고 불리는 여마도사이거나.

그런 특별한 존재를 붙잡아서 굴복시키고 아내로 삼는다. 아내가 특별할수록 남편이 되는 오크의 격도 올라간다.

배시는 오크 역사에 남을 정도의 영웅이다.

그의 아내가 되려면 상당한 여자일 것이 요구된다.

번식장에 묶여 있는, 다른 나라의 중범죄자나 노예로는 감당할 수 없다.

오히려 영웅인 배시가 그 정도 상대를 안는 것은 오크의 긍지에 손상을 주는 일조차도 된다.

그렇기에 배시는 직접 찾으러 가겠다는 것이다.

오크의 긍지를 상하게 만들지 않기 위해서.

오크 킹은 그리 생각했다. 아니, 꿰뚫어 봤다. 그야말로 혜안이라며 어떤 오크라도 칭송할 것이다.

실제로는 전혀 통찰력이라고는 없었지만.

"모두 내다보고…… 계셨나……."

배시는 부끄러운 듯 고개를 숙였다.

그의 얼굴은 새빨갰다. 설마 왕에게 발각당했다고는 생각지 않았던 것이다. 자신이 동정이라는 사실을.

그것만이 아니었다. 아내라는 단어까지 나온 것이었다.

오크의 나라를 나가서 어딘가 다른 장소에서 몰래 동정을 버리자고 생각했던 것, 가능하다면 첫 상대는 처녀가 좋겠다고 생각한 것, 그 처녀를 아내로 삼아서 잔뜩 연습하자고 생각한 것…… 그런 것을 전부 꿰뚫어 본 것이었다.

부끄럽지 않을 리가 없었다.

다름 아닌 오크의 영웅이 완전히 동정을 훤히 드러내는 사고로 여행을 나서다니.

그것도 모든 오크의 아버지라고 할 수 있을 상대가 깨닫고 말다니. 오크의 수치라고 비난당해도 이상하지 않았다.

뭐, 실제로는 전혀 모르고 있었지만 배시도 오크…… 네메시스를 그야말로 혜안이라고 칭송하는 자들 중 하나였다.

"킹, 막지 말아 주십시오. 나로서는……."

"막지는 않겠다."

배시의 변명 같은 말을 네메시스는 손을 들어서 막았다.

그리고 자조하듯 웃음을 띤 뒤, 무언가 견디는 것처럼 눈을 감고 말했다.

"가도록 해라. 다른 이들에게는 입 다물어두지."

네메시스는 항상 미안하다고 생각했다.

적어도 전쟁 중이라면, 혹은 적어도 "다른 종족과의 합의 없는 성행위를 금지한다"라는 조약만 없었다면 족장으로서 배시에게 아내를 찾을 기회를 줄 수 있었을 텐데, 라고.

영웅에게, 그 공적에 걸맞은 삶을 줄 수 있었을 텐데, 라고.

지금은 전쟁이 끝났고 조약도 있다.

그런 상황에서 아내에 걸맞은 극상의 여자를 찾아오는 것은 범상치 않은 일이었다.

오크가 강간 이외의 방식으로 아내를 맞는다는 것은, 전쟁이 시작되고 오천 년…… 여태껏 한 번도 전례가 없었다.

그야말로 시련. 시련을 스스로에게 부여하려는 것이다. 그야말로 영웅이었다.

오크의 영웅이, 영웅만으로 만족하지 않고 시련의 여행을 나선다.

고향에서 유유자적 살 수 있는데도 여행을 나선다.

오크는 전쟁에 지고서도 긍지를 잃지 않았다고 증명하려 한다.

이것을 막는다니, 무엇이 왕인가.

"……감사합니다."

배시는 조용히 머리를 숙였다.

영웅이 되어 오크 최강이라고 불리게 된 지금도 왕에게는 이길 수 없을 것 같았다.

힘은 자신이 더 위일지도 모른다.

싸운다면 자신이 승리할 것이다.

하지만 자신의 얕은 생각을 순식간에 꿰뚫어 보고, 하지만 결코 비웃지 않고 명예를 회복할 기회와 시간을 준다. 이렇게 사려 깊고 다정하게 부하를 생각하는 오크는 달리 없다.

'그야말로 오크 킹. 왕의 이름을 붙이기에 걸맞은 남자다. 이분이 죽을 때까지, 나는 이분께 충성을 맹세하겠다.'

배시는 다시금 그리 생각하는 것이었다.

◆

이리하여 배시는 여행을 떠났다.

동정을 버리기 위한, 기나긴 여행을……

ORC HERO
STORY
오크영웅이야기
촌 탁 열 전

2. 페어리

배시는 숲속을 걷고 있었다.

굳건하게 솟은 나무들이 울창하게 늘어선 숲, 길은 없고 이따금 짐승길이 가로지르는 정도.

사람이 지나간다면 상처투성이가 될 법한 덤불은, 하지만 오크의 단단한 피부에는 대수롭지도 않았고 오랜 전쟁으로 기른 감은 방향 감각이 흐트러지지도 않았다.

향하는 방향은 동쪽.

오크의 나라 옆에 위치한 휴먼의 나라였다.

전쟁에 승리한 네 나라 가운데 특히 전공이 있었기에 현재는 가장 큰 영토를 지녔다. 오크의 나라 영토 대부분을 취득한 것도 휴먼이었다.

물론 오크는 그 사실에 원한 따위는 가지지 않았다. 승자가 전부 손에 넣는 것은 싸움의 상식이니까.

어째서 휴먼의 나라로 향하는가.

그것에는 단순명쾌한 이유가 있었다.

『번식한다면 우선 휴먼』.

오크의 격언 중 하나였다.

휴먼은 번식력이 강하고, 무척 쉽게 임신하고, 개체 차이는 있지만 몸도 튼튼하고, 겉모습도 나쁘지 않다.

오크에게는 번식에 무척 적합한 종족이었다.

배시는 그 격언에 망설임 없이 따른 것이었다.

'그립네……'

덤불을 가르고 나아가며 배시는 옛날 일을 떠올리고 있었다.

불과 삼 년 전, 이 숲은 격전지였다.

지금은 이미 없지만 이 숲 안쪽에는 오크족 최후의 요새가 존재하여, 휴먼의 주력이 그 요새를 함락시키고자 맹공격을 가한 것이었다.

배시는 당시에 그 요새를 지키려고 이 숲을 뛰어다니며 인간 부대를 박살내고 다녔다.

그런 분투의 보람이 있어서 휴먼에게 요새가 함락되지 않고 종전을 맞이하기에 이르렀다.

하지만 그 요새도 결국에 전쟁 종결과 동시에 해체되었다.

그 전투에서 배시는 세 자릿수에 이를 정도의 휴먼 부대를 격파했다.

그중에는 여자 병사도 다수 있었다.

그 안에서 몇 명을 데려갔다면 배시는 이미 동정이 아니었을 터.

그럴 경우, 요새는 함락되었을 테지만 어차피 해체되었으니 별반 차이가 없으리라.

허나 얄궂은 일이었다.

혹시 그랬다면 배시가 영웅의 칭호를 얻는 일도 없었을 테니까……

"응?"

배시가 과거 자기 행동의 시시비비를 따지는 사이, 멀리서 어렴풋이 피 냄새가 감돌았다.

어딘가에 부상을 당한 동물이 있을까.

아니면 늑대들이 영역 다툼이라도 벌이고 있을까……

"가볼까."

배시는 아무런 주저도 없이 그리 중얼거리고 달려갔다.

단순한 호기심이 아니었다. 식량을 확보할 생각이었다.

동물을 붙잡는 것은 쉽지 않지만 상처를 입었다면 체력 저하도 빠르고 피를 흘린다면 냄새로 추적도 간단했다. 다친 짐승은 격렬하게 저항할 때도 있지만 배시에게 그런 저항 따윈 없는 것이나 마찬가지.

전쟁 중에도 몇 번인가 싸우고 상처 입은 동물은 잡은 적이 있었다.

"……"

배시는 질풍처럼 숲을 달려갔다.

오크는 둔중하다고들 하지만 그에게 그것은 해당하지 않았다.

배시는 수많은 오크 가운데서 가장 빠르다고 일컬어지는 준족을 지녔다.

그리고 강인한 피부는 울창한 덤불이나 튀어나온 나뭇가지에는 상처 하나 없고, 강철 같은 육체는 장애물이 많은 숲에서도 감속할 일은 없었다.

배시는 터무니없는 속도로, 서둘러 현장으로 향했다.

◆

배시가 다다랐을 때, 싸움은 최고조를 맞이하고 있었다.

바퀴 자국뿐인 좁은 길 바깥에 바퀴가 부러진 마차가 넘어져 있었다. 지면에는 식료품이나 물건이 흩어져 있고 말의 시체가 쓰러져 있었다.

서 있는 것은 휴먼 둘. 두 사람은 검을 들고서 적과 대치하고 있었다.

휴먼을 포위한 것은 벅베어라 불리는 이족 보행의 곰 같은 마수였다.

벅베어의 숫자는 여섯 마리.

'벅베어 무리가 행상인을 습격했다, 그런 상황인가.'

그 모습을 보고 배시는 그리 결론을 내렸다.

드문 일도 아니었다. 전쟁이 끝나고 몇 년, 세계는 평화로워졌지만 사람을 덮치는 짐승이 소멸된 것은 아니었다. 마을에서 한 걸음만 밖으로 나가면 약육강식의 세계가 기다리는 것이었다.

"……!"

"그르르르르!"

배시가 버스럭버스럭 소리를 내며 수풀에서 나가자 벅베어들이 알아차렸다.

세 마리는 계속 휴먼을 노려보고, 나머지 세 마리가 배시 쪽으로 돌더니 온몸의 털을 곤두세우고서 울음소리를 터뜨렸다.

배시는 멈춰 서지 않고 벅베어들을 노려봤다.

그리고 간발의 차이도 없이 소리를 내질렀다.

"으라아아아아아오오오오오!"

워 크라이.

그것은 오크가 싸움을 시작할 때에 내지르는 외침이었다.

그것은 물리적인 진동을 동반하여 숲속에 울려 퍼졌다. 나무들 사이에서는 일제히 새들이 날아오르고 벅베어들의 피부가 찌릿 찌릿 떨렸다.

"그으······."

그것만으로 그들은 이해했다.

눈앞의 이 오크에게는 절대로 이길 수 없다는 사실을.

전의를 상실한 그들은 꼬리를 말고 순식간에 숲으로 도망쳤다. 마수는 언제라도 자신보다 강한 자의 기척에 민감한 것이었다.

"자······."

배시는 벅베어의 기척이 멀어지는 것을 확인한 뒤, 남은 두 휴먼에게 시선을 향했다.

'호오······ 이건······.'

창백한 얼굴로 검을 손에 들고 부들부들 다리를 떠는 두 사람은, 여자였다.

양쪽 모두 나이는 서른을 조금 넘긴 정도, 일까.

안색은 나쁘지만 몸매는 건강미가 느껴져서 나쁘지 않았다. 휴먼을 아내로 삼는다면 십 대 후반이나 이십 대가 좋다고 한다. 그 이하라면 아직 아이를 못 낳고, 그 이상이라면 아이를 낳을 수 있는 횟수가 줄어드니까. 그렇지만 삼십 대가 안 되는 것은 아니었다. 요컨대 아이를 낳을 수 있다면 그만이니까.

'상당한 미인이군!'

솔직히 오크의 일반적인 가치관에 비추어 봐도 그녀들은 그다지 미인은 아니었다.

그렇지만 배시는 거의 여자를 본 적이 없었다.

아니, 얼마든지 본 적은 있지만 이만큼 가까운 거리에서 품평을 하듯이 본 적은 없었다.

처음으로 찬찬이 보는 휴먼 암컷은 침이 나올 것만 같이 요염하게 보였다.

첫 신부 후보였다.

배시는 잠시 두 사람을 보고 있었지만 뜻을 다지고 이야기를 건네기로 했다.

"어흠. 너희들…… 내 아이를 낳지 않겠나?"

오크로서는 평범한 프러포즈였다.

"꺄아아아아아아아!"

"강간당한다!"

한순간이었다.

이제까지 떨고 있던 것은 대체 무엇이었느냐, 그럴 정도로 재빨랐다.

두 여자는 검을 든 채, 다른 물건을 내버리고 토끼처럼 도망쳐 버렸다.

배시는 쫓아가지도 못하고 손을 뻗은 자세 그대로 굳어버렸다.

"……왜지."

거절당했다면 모를까, 도망치는 이유를 전혀 알 수 없었다.

구해줬는데…….

"영문을 모르겠군……."

하지만 쉽지 않다는 사실은 이해하고 있었다.

처음부터 아내를 발견할 수 있을 리도 없다. 그렇게 생각을 바꾸고 배시는 발길을 돌렸다.

당초 예정대로 휴먼의 마을로 향하는 것이었다.

"음?"

그때 배시의 예민한 귀가 어떤 소리를 캐치했다.

똑똑, 무언가를 두드리는 작은 소리였다.

배시는 귀에 손을 대고서 소리의 근원을 찾기 시작했다.

이런 작은 소리를 놓치지 않는 것은, 전쟁에서는 중요했다.

그믐날 밤, 발소리를 죽이고 다가오는 비스트 기습부대를 알아차리려면 귀와 코에 의지할 수밖에 없었다.

"이쪽인가."

그 소리는 마차 안에서 들렸다.

바퀴가 부서지고 넘어져 있는 마차. 배시는 소리를 쫓아서 마차 안을 뒤지기 시작했다.

"……."

마차 안에 대단한 물건은 없었다.

아마도 그 두 사람이 평소부터 먹었을 건어물 따위의 식료품과 영문을 알 수 없는 물건뿐이었다.

무기 종류도 없었다.

적어도 여자 노예라도 실려 있었다면…… 그런 생각을 할 수밖에 없었다.

"응?"

그리고 배시의 예민한 귀가 또다시 똑똑, 작은 소리를 캐치했다.

아무래도 놓친 것이 있었나보다. 배시는 파편처럼 쌓여 있는 물건을 하나씩 치웠다.

몇몇 큰 물건을 치운 참에 틈새에서 아련한 빛이 새어 나왔다.

배시는 익숙한 그 빛에 작게 한숨을 내쉬고 물건 틈새로 손을 찔러 넣었다.

나온 것은 한 아름 정도 크기의 병이었다.

단단한 철 뚜껑 위에 마법진이 그려진 부적이 하나, 찰싹 붙어 있었다.

그런 병 안에는 작은 인간이 들어 있었다.

크기는 삼십 센티미터 정도, 온몸이 어렴풋이 빛나고 등에는 두 쌍의 작은 날개가 달려 있었다.

페어리족이었다.

"너는……."

페어리는 배시의 얼굴을 보고 놀란 표정으로 입을 뻐끔뻐끔 움직였다.

아무래도 부적 탓에 나오는 것은 물론 목소리도 낼 수 없는 모양이었다.

배시는 뚜껑에 붙은 부적을 손가락으로 북북 떼어내고는 철 뚜

껑을 힘으로 으득 열었다.

그 순간, 페어리는 엄청난 속도로 병 밖으로 튀어나와서 배시 주위를 고속으로 빙글빙글 돌고, 끝내는 배시의 얼굴에 찰싹 달라붙었다.

"당신~!! 오랜만이에요—!"

배시는 자신의 얼굴에 달라붙어서 스륵스륵 뺨을 비비는 페어리를 손끝으로 집어서는 자신의 얼굴에서 떼어냈다.

페어리는 손끝에 붙잡힌 상태로도 환영하듯이 양팔을 벌리고 배시에게 안겨들려 했다.

"여— 당신, 덕분에 살았어요! 이대로 평생 병에 갇혀서 지내느냐고 생각했다고요! 그러기는커녕 당신이 구해주지 않았다면 짐 아래에 깔려서 일생을 마칠 참이었어요! 정말이지~, 당신은 언제나 나를 구해주니까요! 어라? 당신? 왜 그래요, 그런 표정으로, 혹시 날 잊어버렸나요?"

"잊을 리가 없지."

지인이었다.

이 페어리의 이름은 젤. 본명은 장황해서 기억 안 나지만 젤이라고 불렸던 것은 기억했다.

전쟁 중, 페어리족과 오크족은 연계를 취했다.

페어리는 비행 속도가 무척 빠르고 몸에서 떨어지는 가루는 상처를 치유하는 힘이 있지만, 몸도 작고 공격 수단은 바람 마법뿐이라 취약. 그다지 병사로서 활약할 수 있는 종족이 아니었다.

그래서 페어리는 전령이나 첩보원, 치유 담당으로서 오크의 나라와 연계하게 되었다.

젤은 오크의 나라에 파견된 전령 겸 첩보 페어리 중 하나로, 배시에게 자주 명령이나 전황을 전달해준 존재였다.

참고로 페어리가 데몬이 이끄는 일곱 종족 연합에 들어온 것은 휴먼에게 학대당했기 때문이었다.

페어리라는 존재는 관상용 및 치료약으로 휴먼의 나라에서는 고가로 판매되는 것이었다.

전쟁 종결 후, 페어리는 휴먼과 불가침조약을 맺었다.

하지만 지금도 이렇게 붙잡혀서는 죽을 때까지 사육당하는 자가 있었다.

전쟁 후, 가장 학대당하는 것은 페어리일지도 모른다.

"그보다도 당신, 어떻게 내가 붙잡혔다는 사실을 알았나요?"

"몰랐다. 우연이야."

"우연……?"

배시가 손가락을 떼자 젤은 마차 밖을 향해 고속으로 날아가서 주위를 둘러봤다.

백문이 불여일견. 정찰병의 습성이리라.

그리고 말이 죽은 것을 확인하고는 초고속으로 돌아와서 배시의 귀를 잡아당겼다.

"잠깐잠깐잠깐! 당신! 위험하다고요! 휴먼의 마차를 습격하다니! 조약 위반이에요! 조약 위반!"

"내가 습격한 게 아냐. 벅베어한테 습격당했지."

"그런 소리를 한다고 믿어줄 리가 없잖아요! 마차가 부서졌고 오크가 근처에 있다면, 사고가 단순한 휴먼 따윈 순식간에 『오크가 마차를 부쉈다!』라고 단정한다고요! 자, 빨리 벗어나는 거예요! 이런 모습을 다른 사람이 봤다가는 순식간에 토벌대가 조직되고 포위 섬멸 작전이에요!"

싸움이라면 바라는 바다.

그리 말하고 싶은 참이었지만 지금부터 휴먼의 나라에서 아내를 찾으려고 하는 상황에서 그래서는 위험했다.

"아, 봐요!"

그때 그들의 귀가 포착한 것은 철컥철컥, 금속 갑옷이 스치는 소리였다.

전쟁 중에 수도 없이 들은, 휴먼 병사가 여럿이서 작전 행동을 할 때의 소리…….

배시는 순간적으로 수풀에 몸을 숨겼다.

배시 정도의 전사라면 적군이 소수일 경우에 정면에서 당당히 맞서더라도 격파할 수 있다.

하지만 상황을 알 수 없는 상태에서 전투를 벌이는 것이 반드시 승리로 이어지는 것은 아니었다.

배시의 목적은 휴먼 아내를 손에 넣는 것.

그것도 처녀에게 동정을 상실하고 수많은 훈련을 거쳐 압도적인 테크닉을 손에 넣어 오크의 나라로 돌아간다. 그것이 승리라고 할 것이다.

휴먼 병사와 싸우고 다투는 것은 승리로 이어지지 않는다. 어린아이라도 아는 일이었다.

그래서 배시는 떨어진 장소에 숨어서 상황을 살피기로 했다.

멀지도 가깝지도 않은 적당한 위치에서 전황을 지켜보는 것도 때로는 필요한 일이었다.

생각 없이 돌격하는 것만이 오크가 아니고, 배시는 『오크 히어로』다. 지켜볼 줄도 아는 남자였다.

"……없어! ……오크……다!"

"…………찾아내라! 저항한다면…… 죽여라!"

대화는 단편적이지만 아무래도 뒤숭숭했다.

이 습격이 오크가 벌인 것이라 단정 짓고 격앙한 것처럼 보였다.

게다가 아무래도 지시를 내리는 사람은 아직 젊은지 목소리가 높았다.

배시도 기억이 있는데, 젊은이의 지시라는 것은 지나치게 저돌적인 때도 많았다. 오크가 습격했다고 단정 지은 상태에서 모습을 드러내면 그 자리에서 전투가 개시되는 것은 쉽게 상상할 수 있었다.

"당신, 어떻게 할 거예요? 칠 거예요?"

싸움이 벌어진다면 배시는 그들을 쉽게 무찌를 수 있다.

하지만 배시는 오크의 영웅. 그런 배시가 휴먼 병사를 죽인다면 문제가 되어 오크의 나라까지 불똥이 튈 것이다.

수치를 무릅쓰고 여행을 나선 몸이다. 더 이상 나라에까지 폐를 끼치는 상황은 피하고 싶었다.

"아니, 지금은 물러나지."

"알겠어요."

배시의 말에 젤이 고개를 끄덕이고, 두 사람은 그 자리를 뒤로 했다.

◇

"그래서 너는 어째서 붙잡힌 거지?"

마차에서 충분히 거리를 벌린 뒤, 배시는 다시 젤에게 물었다.

젤은 전쟁 종결과 동시에 페어리의 나라로 돌아갔을 터.

페어리는 휴먼의 표적이 되고는 하지만, 페어리의 나라는 천애 의 절벽으로 둘러싸여 있다. 휴먼은 좀처럼 접근할 수 없다.

가령 접근할 방법이 있을지라도 젤은 페어리 가운데서도 톱클 래스의 스피드를 자랑한다. 어지간한 수준의 인간에게 붙잡힐 일 은 없을 터였다.

"아니—, 그게 말이죠. 페어리의 나라는 기본적으로 지루하거 든요. 나는 이래 봬도 호기심이 왕성한 모험가잖아요. 그래서 아 직 보지 못한 무언가를 찾아서——."

"이제 됐다, 알겠어."

"역시 당신, 하나를 들으면 열을 안다는 거군요."

대략 정리하면, 지루하니까 나라를 나와서는 꽃밭이나 그런 곳 에서 노느라 정신이 팔린 사이에 휴먼에게 발견되어, 약 같은 것 이나 슬립 마법을 당해서 붙잡혔다……. 그런 이야기이리라.

페어리라는 재빠른 생물이 느려빠진 휴먼에게 붙잡히는 경위 라면 어느 것이든 거기서 거기였다.

"아니―, 하지만 이런 곳에서 당신과 재회할 수 있다니, 나는 행복한 사람이네요."

배시 주위를 휘잉휘잉 날아다니며 젤은 그런 말을 꺼냈다.

페어리는 태평한 종족이고 장난을 무척 좋아한다. 감정이 들뜨면 들뜰수록 쓸데없이 돌아다니는 것으로 알려져 있다.

"그보다도 당신이야말로 어째서 이런 곳에 있나요? 당신은 오크의 나라에서 영웅의 칭호를 얻었다고 들었는데요? 아, 영웅의 칭호, 축하해요! 그래서, 오크의 영웅이라면 족장 다음으로 높은 거 아닌가요. 정말이지, 모든 오크의 존경을 한 몸에 모으고 아무 거리낄 것 없이 장밋빛 인생을 보낼 거라고 생각했는데요."

"……."

"혹시 누군가 질투해서 함정에 빠뜨렸나요? 족장 살해의 누명을 뒤집어쓰고 마을에서 야반도주할 수밖에 없었다…… 비극! 복수라면 도울게요! 나의 음습한 칼날이 적의 목을 베어버릴 거예요!"

"오크는 질투 따윈 안 해. 족장도 건재하고."

영웅이라 불리는 존재를 상대로 질투하는 오크는 전무하다.

영웅이라 불리는 존재는 그만한 위업을 달성한 자.

존경이라면 모를까 질투를 할 리가 없다. 뭐, 물론 그런 특수한 사례를 제외하면 오크도 질투 정도는 하지만.

"그럼 뭔가요?"

배시는 입을 다물었다.

동정을 버리기 위한 여행, 그런 소리는 입이 찢어져도 할 수 없었다. 아무리 상대가 전우라고 해도 할 소리, 못 할 소리가 있다.

"아니, 뭐 말하기 싫다면 안 해도 된다고요? 하지만 나는 전쟁 중에도 좀 전에도, 당신한테 도움만 받았으니까 말이죠. 기억하나요? 처음 만났을 때를. 나는 휴먼 병사한테 붙잡혀서『가루를 얻는 데 팔다리는 필요 없겠지』같은 소리까지 듣는 절체절명, 그때 당신이 질풍처럼 나타나서『지옥으로 가는 데 팔다리는 필요 없겠군』이라면서 휴먼의 팔다리를 전부 찢어버렸죠! 이것 참, 그건 상쾌했어요……. 진짜로 홀딱 반했다니까요! 그날부터 평생 당신에게 붙어 있기로 결심했어요! 어쨌든 그러니까 가능한 한 힘이 되고 싶어요. 거친 당신이 알 수 있을까요, 페어리의 이 섬세하고 갸륵한 마음을."

파박, 눈앞에서 바지런히 포즈를 취하는 젤을 적당히 손으로 털어내며 배시는 생각했다.

생각해보면 배시는 오크 이외의 종족에 대한 정보가 빈약했다.

알고 있는 점이라면 어느 종족이 번식에 적합하고 어느 종족이 적합하지 않으냐, 그 정도였다.

반면에 젤은 전령 및 첩보원이기도 했으니까 다양한 종족의 생활 습관을 잘 안다.

정보 수집도 특기. 앞으로의 활동에서 그가 힘이 되리라는 것은 틀림없었다.

"……아내를 찾고 있다."

"아내……라고요."

젤은 날아다니는 것을 그만두고 뚝 멈췄다.

그대로 생각하듯이 배시의 얼굴을 빤히 봤다.

배시는 동정이라는 사실이 들킬 것 같다는 생각에 눈을 피했다.

젤은 잠시 멈춰 있었지만 이윽고 손뼉을 짝 쳤다.

"오크에게 아내란 특별한 존재니까요! 당신 정도의 영웅이라면 아내를 가지더라도 이상하지 않아요. 하지만 현재 오크의 나라 정세로는 당신이 만족할 아내를 찾는 것은 일단 불가능. 그러니까 당신은 스스로 아내를 찾는 여행에 나섰다…… 그런 이야기군요!"

"뭐…… 그렇지."

젤의 견해는 오크 킹과 거의 같은 내용이었다.

배시라는 인물을 안다면 대부분 그런 발상이 되는 것이었다.

그야말로 『혜안의 젤』이라고 부를 만했다. 물론 자칭이지만.

"그런가…… 당신이 아내인가……. 내가 페어리가 아니었다면 입후보했을 텐데 말이죠~."

페어리는 무척 몸이 작다.

당연하지만 다른 종족과의 번식도 불가능하다. 애당초 암수의 구별조차 있는지 없는지, 그런 적당한 종족이었다. 그 덕분에 오크와 공동전선을 펼 수 있었다는 배경도 있지만……. 어쨌든 아내로서는 부적격이었다.

"좋아!"

젤은 잠시 생각에 잠긴 표정이었지만 이윽고 가슴을 턱 두드렸다.

"알겠어요! 그런 일이라면 나한테 맡겨주세요! 지금 같은 시대에 오크의 아내가 되려는 여자는 적을지도 모르겠지만…… 뭐, 당신이라면 아내야 열이든 스물이든 순식간에 찾을 거예요! 일단 나부터 되고 싶을 정도니까요!"

배시도 전시 중에 젤이 얼마나 유능했는지는 잘 알고 있었다.

그가 위험을 무릅쓰고 적진에 침입, 귀중한 정보를 가지고 돌아온 적은 몇 번이나 있었다.

그의 정보 수집 능력은 페어리 가운데서도 톱클래스. 다만 상당한 횟수, 적에게 붙잡혀서 살해당할 뻔했다는 것도 잘 알지만…….

지금은 이제 전쟁 중이 아니었다. 아내를 찾는 것뿐이라면 위험도 거의 없다.

의지하더라도 문제없으리라.

"네가 그렇게까지 말한다면 맡기지."

"예, 맡았어요! 그렇다면 당장 마을로 가요! 이런 숲에는 미녀도 미소녀도 없으니까요! 레츠 고 고!"

이리하여 배시는 전우인 젤과 재회했다.

오크와 페어리.

두 사람은 곧바로, 휴먼의 나라로 향하는 것이었다.

3. 요새 도시 클라셀

요새 도시 클라셀.

그곳은 몇백 년 동안 오크와의 전쟁에서 전선이었던 마을이다.

건물 대부분은 돌로 만들어졌고 각지에서 대장간의 연기가 피어올랐다.

전쟁 중 정도는 아니지만 상인이나 마을 사람보다도 딱딱한 표정을 띤 병사가 눈에 띄었다.

마을은 야트막한 언덕 위에 있고 이중의 성벽으로 둘러싸여 있었다.

성벽 안쪽에는 대포나 투석기가 설치되어 있고, 마을 곳곳에 있는 망루에서는 일찍이 오크의 토지였던 숲이 한눈에 보였다.

그야말로 요새였다.

오크와 휴먼의 전쟁은 이 요새 도시를 몇 번이고 서로 빼앗는 싸움이었다고도 할 수 있었다.

수천 년 동안 오크는 이 요새를 수도 없이 빼앗고, 그리고 다시 빼앗겼다.

휴먼도 필사적이었다. 이 요새를 빼앗기면 국토는 오크에게 유린당한다. 남자는 살해당하고 여자는 번식용 노예로 끌려간다. 휴먼은 그 사실을 잘 이해하고 있었다. 그렇기에 전쟁이 끝난 지금도 오크를 상대로 한 경계를 잊지 않았다.

다만 전쟁은 많은 것을 가르쳐주었다.

오크가 성욕만으로 움직이는 괴물이 아니라는 것, 번식에 다른 종족이 필요하니까 다른 종족을 빼앗는 것.

독자적인 규칙을 가지고 독자적인 긍지를 중시한다는 것.

그리고 그것들을 이해하고서 대화를 나눌 수 있다면 교섭이 가능하다는 것이었다.

그 배움 덕분에 휴먼은 오크와의 화친을 성공시킬 수 있었다.

오크를 긍지 높은 전사라 인정하고 휴먼 가운데서도 특히 오크에게 인정받을 수 있을 정도의 힘을 지닌 여기사에게 교섭을 맡기면서, 오크에게 "다른 종족의 여자 중에도 전사가 있고 긍지가 있다"라는 사실을 알리고 『다른 종족과의 합의 없는 교미를 금지한다』라는 조약을 체결.

하지만 그것만으로는 오크는 그저 멸망의 일로에 다다르고 말기에 나라 안에서 중범죄자 여성을 모아 오크의 나라에서 『봉사 활동』을 시켜, 오크에게서 철저히 항전할 이유를 빼앗은 것이었다.

덕분에 지금은 비교적 안정이 되었기에 소소하기는 하지만 무역도 시작되고 있었다.

다만 휴먼 가운데는 오크가 이성이 없는 괴물이라고 생각하는 자도 많았다.

무지한 자는 종족과 관계없이 일정 숫자 존재한다.

조금 더 말한다면, 전쟁이 끝난 것은 불과 몇 년 전이다. 오크를 상대로 사적인 원한을 가진 자도 적지는 않았다. 실제로 오크 가운데도 나라에서 추방당하고 휴먼의 나라로 흘러들어 사람을 습격하는 녀석도 있었다.

그래서 경계하는 것은 틀림없었다.

"하지만 설마 마을에 들어올 때까지 그렇게나 시간이 걸릴 줄은 몰랐네요."

"그런가? 휴먼의 마을은 어디든 그런 게 아닌가?"

배시가 클라셀에 도착하고 약 세 시간이 지났다.

그중에 한 시간은 입구에서 문지기랑 실랑이를 벌이다가 지나갔다.

오크라는 사실만으로 겁먹고 창끝을 들이밀었다.

젤이 사이에 끼어들어서 배시가 여행자라는 사실이나 위험한 추방자 오크가 아니라는 것을 상세하게 설명해주지 않았다면 마을로 들어올 수 없었을 것이다.

문지기는 마지막까지 오크를 마을로 들이는 것에 저항하는 모양이었지만 끝내는 배시를 통과시켜주었다. 휴먼의 나라에는 여행자를 흔쾌히 받아들이라는 법은 있어도 오크를 마을로 들여보내어서는 안 된다는 법은 없는 것이었다.

"여자가 많군."

"휴먼의 마을이니까요."

배시는 거리를 오가는 사람들을 여관 창문으로 바라보며 여자의 숫자에 놀라고 있었다.

전쟁 중에도 이만큼 대량의 여자를 본 적은, 서큐버스의 군대와 연계를 취했을 때 정도였다.

뭐, 다만 서큐버스를 여자라고 하는 데에는 조금 어폐가 있지만……

참고로 거리를 걷는 여자들 쪽에서는, 여관에서 내다보는 배시를 본 순간에 깜짝 놀라서는 부리나케 떠났다.

"이만큼 여자가 있다면 내 마음대로 고르면 되겠군."

"어, 안 돼요! 자, 저기 휴먼의 왼손 약지를 봐요."

그 말에 배시는 여자의 왼손을 주목했다.

그곳에는 반짝 빛나는 무언가가 끼워져 있었다.

"응? 반지를 끼고 있군."

"저건 이미 결혼했다는 증표예요. 휴먼은 기본적으로 남자 하나와 여자 하나가 한 쌍이 되니까 저런 건 노려도 안 돼요."

"대부분의 여자가 끼고 있는데."

"휴먼은 결혼을 안 하면 어른으로 인정해주지 않는 모양이니까요. 남자든 여자든. 어느 정도 연령이 되면 대부분은 결혼한다고 해요."

오크와 달리 모두가 아내를 얻어서 결혼한다.

그런 상식에 오크인 배시는 조금 위화감을 느꼈다.

하지만 휴먼은 남녀의 비율이 같은 정도니까 그럴 수도 있겠다며 금세 납득했다.

오히려 여자 쪽이 아내가 되는 것을 기피하지 않는다면 적절했다.

"그러니까 일단 반지를 안 낀 여자를 찾을 필요가 있겠네요."

"이곳으로 오는 도중에 말을 건 여자는 반지를 안 끼고 있었을 텐데?"

"아—……."

그렇다. 배시는 여관으로 오는 도중에 한 번, 여성을 발견해서는 말을 건네려고 했는데 상대는 비명을 지르며 도망쳤다.

말을 건네는 단계조차 이르지 못했다.

배시가 다가간 것만으로 여자는 비명을 지른 것이었다.

"역시 오크에 대한 편견이 강하게 남아 있는 것 같네요."

"그런가……?"

"오크는 남자를 보면 구별 없이 덮쳐서 죽이고, 여자를 보면 구별 없이 덮쳐서 범하고 임신시키는 녀석뿐이라고."

"틀린 이야기는 아니야. 전쟁 중에는 다들 그랬지."

다만 현재는 오크 킹이 정한 법으로 금지되어 있었다.

추방자 오크를 제외하고는 구별 없이 누군가를 덮치는 오크는 없을 것이다. 평범한 오크는 다들 오크 킹에게 충성을 맹세한, 긍지 높은 전사니까.

다만 모두가 오크에 대한 편견을 가진 것은 아니라는 사실도 알고 있었다.

여자의 비명을 듣고 달려온 위병.

그들 가운데는 그다지 편견이 없는 사람도 있어서 사정을 설명했더니 친절하게 "여행자라면 일단 여관을 잡는 편이 낫다"라며 추천하는 여관을 가르쳐주었다.

현재 여관에서 느긋하게 쉴 수 있는 것도 그 덕분이라고 할 수 있으리라.

"휴먼은 다들 전쟁 중의 오크가 기억에 생생한 거예요. 앞으로 몇 년은 오크라는 것만으로 경계를 당하겠죠. 갑자기 도망칠 줄은 몰랐지만요."

"경계를 당하는 건가…… 확실히 너랑 만나기 전에도 여자한 테 말을 걸었더니 도망쳤지."

"호오, 그러면 어떻게 말을 걸었나요?"

"내 아이를 낳지 않겠나? 라고."

그러자 젤은 "아휴—"라며 이마에 손을 댔다.

"그건 안 돼요."

"안 되나?"

"알겠나요, 휴먼에게 출산이라는 건 종교적인 의미도 있는 중 요한 의식이라고요."

"뭐라고."

의식이라는 말에, 배시는 오크에게 전해지는 전쟁의 신을 향한 기도의 의식을 떠올렸다. 일 년에 한 번만 치러지는 의식인데, 다 음 해 전쟁의 길흉을 결정하는 중요한 의식이었다.

오크 가운데 그 의식을 가벼이 여기는 자는 없었다.

"게다가 결혼이든 출산이든, 기본적으로는 반한 상대하고만 하 는 거예요. 첫 대면인 잘 모르는 상대의 아이라니, 낳을 리가 없 어요."

"그, 그랬나……"

컬처 쇼크였다.

대부분의 휴먼 암컷이 오크와의 교미를 꺼리는 것도 당연했다. 적이었으니까 싫어하던 것이 아니었다. 오크는 휴먼의 몸만이 아 니라 종교 역시도 짓밟았으니까.

"그러니까 휴먼을 아내로 맞고 싶다면, 우선은 상대가 반하게 만들어야 해요!"

편견이었다.

휴먼 모두가 연애결혼을 하는 것은 아니었다. 하지만 젤의 지식에서는 그렇게 되어 있었다.

"으음…… 하지만 휴먼이 내게 반하게 만들 방법은 모른다고."

오크에게 연애라는 개념은 없다.

여자는 일방적으로 범하고 굴복시키는 것이다. 그것을 금지당하고 반하게 만들라는 소리를 해도, 배시는 어쩌면 좋을지 알 수 없었다.

"그건 나한테 맡겨줘요! 나, 이래 봬도 휴먼에 대해서는 잘 아니까요!"

젤은 가슴을 턱 두드리며 그리 선언했다.

전령과 첩보에 특화된 페어리는 확실히 각 종족에 대해서 잘 알았다. 휴먼만이 아니라 엘프나 비스트에 대해서도.

그렇지만 그것은 어디까지나 전술이나 습성, 똥의 종류나 발자국, 밤눈의 유무 같이 전투와 관련된 부분이었다. 연애에 대한 정보는 길가에 떨어져 있던 잡지나 술집의 소문으로 들은 풍문이었다.

"든든하네. 여행을 시작하고 곧바로 너랑 만날 수 있었던 건 그야말로 행운이야. 그래서, 구체적으로는 어떻게 하면 될까."

"그건 말이죠."

젤은 득의양양하게 웃으며 테이블 위에 턱 섰다.

손가락을 하나 세우더니 곧바로 강의를 개시했다.

"우선 휴먼 여자는 예쁜 걸 좋아해요! 더럽거나 냄새나는 건 절대로 안 돼요!"

강의 1 몸을 깨끗이 하라.

"그렇다면 여자를 찾으러 가기 전에 몸을 씻을까."

"씻은 다음에, 비스트와 싸우기 전에 하는 그것도 뿌리면 좋아요."

"그건가……. 그건 오히려 악취가 나는 게 아닌가?"

"무슨 소린가요! 엄청 좋은 냄새잖아요!"

배시는 자신의 몸을 내려다보고 그리 말했다.

전쟁 중, 오크는 수많은 종족과 싸웠다. 비스트족도 그중 하나로, 특히 후각이 뛰어난 종족이었다.

오크의 강한 체취는 순식간에 감지되어 기습이나 매복을 당하는 사태가 빈발했다.

그래서 비스트와 싸우기 직전에 멱을 감아서 냄새를 지우고 향수를 뿌리는 대책이 강구되었다.

풀이나 꽃의 냄새에 뒤섞여서 비스트의 후각을 속이는 것이었다.

참고로 향수는 페어리가 만드는 것으로 현재는 휴먼이나 엘프에게도 수출되고 있었다.

"자, 내 걸 빌려줄 테니까요!"

"음."

강의 2 좋은 냄새를 풍겨라.

향수의 달착지근한 냄새는 일반적인 오크에게는 인기가 없었다. 그래서 비스트와 싸울 때에 향수 뿌리는 것을 싫어하는 자도 있었다.

다만 그런 자는 예외 없이 죽었지만.

배시는 어떠냐면, 그렇지 않았다.

그는 비스트족과의 싸움에서 살아남은 전사.

어두운 밤에 습격하는 비스트족이 얼마나 무서운지 몸소 깨달은 바였다.

밤에도 만족스럽게 잘 수 없을 정도였다. 그런 상태에서 향수를 뿌리는 것만으로 안심하고 잘 수 있었다.

적어도 이 향수의 냄새가 나는 동안에는 비스트족의 위력 정찰대에게 기습을 당할 일은 없었으니까.

"그럼 바로 몸을 씻자고요! 등을 씻는 건 맡겨줘요!"

젤은 공중에서 빙글 돌더니 입구의 문으로 휘익 날아가서 텅텅 두드렸다.

"주인아저씨! 아저씨! 우리 방에서 씻을 거니까요! 물통이랑 물을 가져다줘요!"

젤이 그리 말을 건네자 잠시 후에 문이 살짝 열리고 주인이 쭈뼛쭈뼛, 그런 느낌으로 얼굴을 내밀었다.

"오크가 씻는다고……?"

"뭔가요! 오크가 몸을 씻으면 안 되나요?! 당신들 휴먼은 항상 오크를 냄새나고 더러운 종족이라고 생각하는 모양인데, 제대로 된 오크라면 휴먼의 마을에서 휴먼의 코를 배려하는 정도는 할 수 있거든요!"

"알았어, 알았다고. 그렇게 빽빽 소리 지르지 말고. 준비할게. 동전 하나야."

"알겠어요."

주인은 의외라는 표정을 띠면서도 동전 하나를 받아들고는 얼른 물을 준비하러 갔다.

"자, 물이 올 때까지 아직 강의를 계속하겠어요!"

"부탁하지."

그 후로 배시는 몸을 씻으며, 페어리 직강으로 "휴먼에게 인기를 얻는 법칙"을 학습했다.

◇

"일단 이것만 지키면 거의 확실하게 하나 정도는 함락시킬 수 있어요."

"몸을 깨끗이 하고, 냄새를 잡고, 당당하게 이야기를⋯⋯."

몸을 씻은 뒤, 배시는 손가락을 구부리며 젤한테 들은 법칙을 되새김질했다.

그는 성실한 것이었다. 원군 요청을 받으면 사흘 밤낮을 안 자고서라도 달려갈 정도로.

그래서 무책임한 페어리의 말도 의심하지 않고 순순히 듣는 것이었다.

"⋯⋯."

갑자기 배시의 움직임이 멈췄다.

배시의 예민한 귀가 갑작스러운 소음을 포착했기 때문이었다. 배시는 귀를 기울여서 그 소리가 자신의 방을 포위하는 것을 확인하고⋯⋯.

"이것 참, 아무래도 앙코르가 필요한 것 같네요. 알겠나요, 휴먼 여자라는 거어어으아?!"

젤은 배시가 갑자기 등 뒤의 대검을 뽑는 것을 보고 기겁했다.

"뭐, 뭐, 뭔가요?! 적의 습격인가요?!"

젤은 허둥대면서도 허리에서 이쑤시개 같은 지팡이를 뽑았다.

그리고 젤도 알아차렸다.

주위에서 절그럭절그럭, 금속이 부딪치는 소리가 들린다는 사실을.

완전히 포위당했다. 이렇게까지 포위당했는데 어째서 깨닫지 못했나.

"무음 마법인가."

배시는 휴먼이 기습에서 자주 사용하는 마법을 떠올리고 경계를 강화했다.

무음 마법은 그야말로 소리를 지우는 마법이다. 다만 일정한 범위에만 효과가 미친다. 요컨대 너무 가까우면 상대가 소리를 듣고 만다. 전신 갑옷을 입은 휴먼 군대가 자주 사용하는 마법 중하나였다. 소리가 들렸다는 것은 너무 다가왔든지, 혹은 포위가 완성되었다고 판단하여 접근했든지…….

통솔이 된 모습을 보면 후자일 것이다.

"숫자와 기척을 보아하니 마차 근처에 있던 무리인가."

"미행한 건가요?"

"그런 기척은 없었지만, 상대는 휴먼이야. 이런 일도 있겠지."

비스트나 엘프라면 몰라도 휴먼의, 그것도 전신 갑옷을 입은 무리의 미행을 알아차리지 못할 만큼 배시는 노쇠하지 않았다.

휴먼은 작은 정보를 바탕으로 상대의 위치를 특정하는 기술이 뛰어났다. 아마도 배시가 알아차리지 못할 법한 작은 흔적을 추적했을 것이다.

"당신, 어떻게 할래요? 몰살시킬 거라면 창문 쪽부터 치고 입구로 돌아와서 문 쪽에 있는 녀석을 처리하는 게 좋을 테고, 돌파할 거라면 경계가 느슨한 문 쪽이겠네요. 걸음걸이를 봐서는 우리가 공격할 거라고는 생각하지 않는 느낌이에요. 뭐, 이런 숫자라면 어떻게 움직이든 여유로울 거라 생각하지만요."

젤이 차분한 태도로 그리 말했다.

어리고 가벼워 보이는 외모지만 이 페어리 역시도 역전의 병사였다.

순식간에 적의 포진을 간파하고 공격하기 쉬울 것 같은 방향을 가르쳐주는 것은 특기였다.

배시와 젤은 오랫동안 함께였다. 전시 중에는 이 정도 포위 따윈 수도 없이 박살 냈다.

배시를 죽이고 싶다면 이보다 백 배는 더 필요할 것이다.

여유로운 상대였다.

하지만 배시는 고개를 가로저었다.

"아니, 싸울 수는 없지. 대화로 해결하자."

그러고는 대검에서 손을 뗐다.

어째서 포위당했는지는 모르겠지만 배시는 켕기는 일 따윈 전혀 저지르지 않았다.

"이것 참…… 트집을 잡아서는 마을에서 쫓아낼 뿐이라고 생각하는데요……."

"그럴지도 모르지. 어차피 여기까지 쫓아왔다는 건, 그 자리에 있었다는 사실은 이미 들킨 거겠지. 도망쳐봐야 바뀔 건 없어."

그런 대화를 나누는 사이, 누군가 문을 걷어차서 박살 냈다.

"움직이지 마라! 거기 오크!"

뛰어든 것은 세 사람.

가벼운 갑옷을 입은 두 병사와 볏이 달린 투구를 쓴 기사였다.

배시는 오랜 전쟁의 경험으로 이 볏이 기사의 증표임을 알고 있었다.

조금 더 말하면 휴먼 기사는 오크 전사장에 해당한다는 것도 알고 있었다.

다시 말해서 이 기사가 이 집단의 리더.

"이미 멈춰 있다! 무슨 용건이냐, 휴먼!"

"흥!"

기사는 몇 걸음 걷더니 투구를 벗었다.

아래에서 나타난 것은 빛나는 것 같은 금발을 포니테일로 묶은 미소녀였다.

'목소리가 높다고 생각했는데 여자였나……. 아니, 그건 그렇고…….'

그녀의 얼굴을 본 순간, 배시 안에서 무언가가 터졌다.

무화과를 입 안 가득 집어넣었을 때 같은 새콤달콤한 감각이 배시의 온몸을 지배했다.

'가련해…….'

늠름한 눈썹, 의지가 강해 보이는 입가, 살짝 성격이 나빠 보이는 치켜 올라간 눈, 비칠 듯이 하얀 피부…….

갑옷을 입고 있으니까 체형은 알 수 없지만 몸가짐을 보면 제대로 근육이 잡힌 탄탄한 몸이라는 것은 알 수 있었다.

숲에서 발견한 여자들이나 길에서 이야기를 건네려고 했던 여자보다도 몇 단계…… 아니, 몇십 단계는 위의 여자였다.

이런 아름다운 여성과 서로 알몸이 되어 교미를 할 가능성이 있다고 생각하자 배시의 뇌수에 전류가 통해버렸다.

사타구니에 직격하는 녀석이었다.

다만 튼튼한 가죽 속바지 덕분에 수상쩍게 여겨지지는 않았다.

그런 배시의 변화를 아는지 모르는지, 그녀는 그를 노려보고 소리쳤다.

"가도에서 마차가 오크에게 습격당했다는 신고가 있었다. 네놈의 짓이로군!"

젤이 작게 "거봐요, 뭐랬어요"라고 투덜댔지만 배시는 그런 것보다 이 가련한 기사의 마음에 들고 싶었다.

나라를 나선 뒤로 처음 만난 극상의 휴먼우, 게다가 오크 동료들끼리 『아내로 삼는다면 이런 여자가 좋다』라는 이야기를 한다면 반드시 노미네이트될 여기사였다.

동정인 배시가 긴장하지 않을 리도 없었다.

그의 머릿속에서는 이미 혼인이 시야에 들어오는 상황이었다.

아이는 최소한 세 사람은 낳아야만 한다.

필시 오크와 교합하여 임신해도 오크가 아닌 종족을 낳을 수 있는 비술이 엘프족에게 전해진다고 들었으니까, 하나는 휴먼이라도 괜찮을 것이다.

하지만 태어나는 아이는 전부 남자가 좋다.

첫 아이는 배시의 이름을 따서 애시로 하고, 싸우는 방법이랑 사냥 방법을 가르쳐주자…….

"이봐, 왜 그러나, 대답을 해!"

그런 망상은 여기사의 목소리에 날아갔다.

일단 현실을 본 배시는 자신이 어떻게 해야 할지 생각했다.

우선은 갑자기 아내가 되어달라고 해도 안 된다. 거절당한다. 그것은 젤의 조금 전 강의로 알았다.

그럼 무엇을 해야 하는가.

이럴 때는 신중하게, 그녀의 왼손을 보는 것이다.

약지에 반지를 끼고 있다면 그 암컷은 이미 혼약을 해서 자신의 것이 되지 않는다.

"……."

여기사의 왼손은 갑옷으로 덮여 있어서 약지에 반지를 끼고 있는지 알 수 없었다.

"……으음."

배운 것을 바로 사용할 수가 없어서 배시는 정지했다.

하지만 그는 역전의 영웅이었다.

상대를 단칼에 쓰러뜨리지 못한 경험은 하늘의 별만큼이나 많았다.

그렇다, 예를 들면 비스트의 사역수(使役獸)였던 마수 베히모스와의 싸움은 십여 시간에 걸쳐 이어졌다. 새벽부터 심야까지 계속된 것이었다.

때로는 차분히 상대의 힘을 확인하여 장기전으로 끌고 가는 것도 필요했다.

"이봐, 대답을 해! 오크 주제에 나를 너무 짜증 나게 만들지 말라고!"

"어흠, 미안하군……. 그 마차는 확실히 봤지만, 습격한 건 내가 아냐. 말을 건넸더니 도망쳤지만."

배시는 차분하게, 우선은 오크의 전사답게 의연히 응답하기로 했다.

젤한테서 배운 휴먼에게 인기를 얻는 법칙 중 하나.

강의 3 당당한 남자여라.

"거짓말 마라!"

"거짓말이 아니다. 내가 봤을 때는, 이미 마차는 벅베어에게 습격을 당한 상태였어. 나는 그곳을 지나가다가 벅베어를 쫓아낸 것에 불과해."

"증거는 있나?!"

"증거는 없다. 하지만 위대한 오크 킹 네메시스에게 맹세하지!"

"윽……."

당당하게 그리 선언하자 기사는 당황했다.

오크 킹의 이름에 두고 맹세한다는 것은, 거짓이라면 사형까지도 받아들인다는 의미였다.

이런 선언을 할 수 있는 것은 오크 사회에서도 단 한 줌, 대전사장—— 그레이트 워로드 이상의 전사뿐이다.

다시 말해 오크에게 지위와 명예를 증명하는 가장 남자다운 맹세 중 하나였다.

이것을 당당하게 선언할 수 있는 오크는 젊은이에게 예외 없이 선망의 시선을 받고, 선언은 무겁게 받아들여진다.

배시는 당황한 기사를 보고 내심 "됐다"라고 생각했다.

참고로 여기사는 오크의 선언 따윈 알지 못했다.

단순히 배시가 당당한 태도였기에 트집을 잡기가 어려웠을 뿐이었다.

"피해자는 오크가 아이를 낳으라며 다가왔다고 했다."

"다른 종족과의 합의 없는 성행위는 오크 킹의 이름 아래 엄히 금지되어 있다. 합의를 얻고자 이야기를 건넸을 뿐이다."

"얻을 수 있을 리가 없잖아!"

"시험해보지 않고서는 알 수 없으니까 시험해봤을 뿐이다. 나중에 알았다만, 아무래도 휴먼의 상식으로는 갑자기 성행위 이야기를 꺼내도 합의는 얻을 수 없나 보더군."

너무나도 당당한 대답에 기사는 더욱 당황했다.

이렇게나 당당하게 대답하는 오크를 본 것은 처음이었다.

그녀가 본 적이 있는 것은 나라에서 추방된 오크뿐.

추방자 오크들은 여기사를 한 번 본 다음 순간에는 임신시키겠다느니 마구 범해버리겠다느니 천박한 발언을 하고, 조금 힐문하면 금세 격노하여 덮쳐들었다.

이렇게까지 이야기가 통한 적조차 없었다.

"큭, 더, 더러운 오크가, 지나갔다고 해도 어차피 마차에서 뭔가 훔쳐냈을 테지!"

"음⋯⋯."

배시는 그 말에 살짝 말문이 막혔다.

확실히 마차 안에서 꺼낸 물건이 하나 있었다. 정확하게는 물건이 아니라 사람이고, 하나가 아니라 한 사람이지만⋯⋯.

"확실히 꺼냈지만⋯⋯."

"그것 보라고! 네놈을 절도죄로 체포한다!"

"으음."

"자자, 잠까─안만 기다려요!"

그때 젤이 배시와 기사 사이로 날아들었다.

"그건 나 말하는 거죠?! 휴먼한테 붙잡혀서 병조림 신세가 된 불쌍한 나는, 분명히 마차에 실려 있었어요! 하지만 페어리 인신 매매는 휴먼과 페어리 사이에서 금지되었을 거예요! 밀매품인 나를 구했다고 절도죄가 적용되는 건 이상하지 않나요?!"

"뭐, 뭐야⋯⋯?"

젤의 말에 기사는 곤혹스러운 표정을 띠었다.

페어리 밀매는 확실히 범죄다. 마차는 그것을 운반했고, 그런 페어리를 오크가 구했다. 밀매품이라도 절도는 절도가 되는가. 아니면 이 오크가 밀매품을 가지고 있는 것이 되는가.

다만 보아하니 페어리는 자신의 의지로 오크에게 붙어 있는 것처럼 보였다.

하지만 애당초 이 페어리의 말은 사실인가? 아무렇게나 던지는 거짓말이라면? 페어리는 숨을 쉬듯이 적당한 소리를 늘어놓으니까.

"에에잇……."

이야기가 복잡해졌다.

기사는 눈을 뒹굴뒹굴 움직이며 이것저것 생각하는 모양이었지만, 마지막에 이렇게 말했다.

"어쨌든 우리와 같이 와주겠나!"

"괜찮겠지."

배시는 간발의 차도 없이, 그리 대답했다.

놀란 것은 젤이었다. 곤혹스러운 표정으로 배시를 돌아보더니 팔다리를 버둥거리고 여기사 쪽을 가리켰다. 아무래도 여기사 쪽도 배시가 너무 순순히 따랐기에 곤혹스러운 표정이었다.

"어? 괜찮나요? 이 녀석 당신을 엄청 얕보고 있다고요?"

일반적인 오크의 논리로 말한다면 따라갈 이유 따윈 없었다.

배시도 혹시 오크의 나라에서 애송이가 지금과 같은 소리를 꺼냈다면 곧바로 대검을 뽑아들고 엄니를 드러내며 "있는 힘껏 덤벼라" 같은 소리라도 했을 것이다.

하지만 배시에게는 여행의 목적이 있었다.

동정 상실.

가능하다면 자기 취향인 아름다운 여자. 처녀라면 더욱 좋다.

"괜찮다!"

눈앞의 여자.

금발의 드세 보이는 여기사. 자기 취향인 아름다운 여자. 처녀인지까지는 모르겠고 결혼을 했는지도 알 수 없다. 하지만 자신을 보고 싶다는 표정을 띠었지만, 비명을 지르며 도망치지는 않았다.

그런 여자가 "따라와라"라고 그런 것이었다.

따라간다면 적어도 대화를 할 기회는 늘어날 것이다.

반대로 따라가지 않는다면 여기서 끝이다. 날뛰고 마을에서 추방당하게 된다면 두 번 다시 그녀와 만날 일은 없으리라.

그리 생각하면 따라가지 않을 이유는 없는 것이었다.

싸움의 경우에는 살아남기 위한 기회는 한 번밖에 없는 경우도 허다하다.

그 기회를 이제껏 모두 살렸던 배시의 결단은, 빨랐다.

"조, 좋다……. 수갑을 채워라! 연행하겠다!"

"음."

이리하여 배시는 체포되었다.

클라셀에 도착하고 불과 네 시간 만에 벌어진 일이었다.

ORC HERO
STORY
오크영웅이야기
촌탁열전

4. 기사단장 휴스턴

요새 도시 클라셸의 기사단장 휴스턴.

그의 경력을 이야기하면, 길다.

이십 년 정도 전, 열세 살에 견습 병사로 전쟁에 참가. 첫 출진에서 전선으로 보내지고 피범벅의 패전을 체험했다. 동기가 전멸하는 가운데 운 좋게 살아남은 휴스턴은 전장을 전전하며 경험을 쌓은 지 십 년, 중대장이 되었다.

중대장이 된 직후의 전투는 지옥 같은 철수전이었다.

지독한 싸움이었다.

장군부터 대대장에 이르기까지 수많은 사관이 전사나 도주, 지휘관은 연신 바뀌고 군은 대혼란. 병력의 육 할을 잃었을 무렵, 평범한 중대장이었던 휴스턴에게 지휘권이 돌아왔다.

『이제 당신 이상의 지휘권을 가진 자는 없다.』

전령 역할인 위생병이 그리 말했을 때, 휴스턴은 질 나쁜 농담이라고 생각했다.

하지만 휴스턴은 그 역할을 성실하게 수행했다.

주위에 있는 자들을 통솔하여, 남은 사 할의 병사를 거의 잃지 않고 무사히 철수시킨 것이었다.

재능의 개화……. 그는 대군의 지휘에 걸맞았던 것이다.

철수전이 성공한 것은 운이 좋았을 뿐이었지만…….

어쨌든 그 실적이 높이 평가되어 휴스턴은 오크 방면군의 부관이 되었다. 오크 방면군이란 주로 오크&페어리 연합군과 싸우는 군대였다.

그리고 부관이 된 뒤로 오 년 뒤에 사령관이 전사. 그대로 천거되어 사령관이 되고 종전까지 계속 싸웠다.

다시 말해서 휴스턴은 십 년 동안 오크와 계속 싸웠다는 이야기였다.

오크와 싸우면서 그는 가능한 한 전력을 다했다.

가능한 한 정보를 모으고, 가능한 한 지혜를 짜내고, 때로는 전선으로 나가서 목숨을 걸고 싸웠다.

그 결과, 그는 휴먼 가운데 가장 많은 오크를 죽인 남자가 되었다.

그렇기에 사람들은 그를 이렇게 부른다.

『돼지 살해자 휴스턴』.

그는 전쟁 후에도 오크를 상대로는 가차가 없었다.

특히 추방자 오크를 발견했을 때는 가혹했다. 추방자 오크가 아무리 목숨을 구걸해도 전혀 들어주지 않고 담담하게 처형했다. 전후에 병사가 된 자들은 존경과 동시에 두려움을 느끼고 있었다.

하지만 실제로는 과장된 별명과는 달리 휴스턴은 오크를 상대로 무척 단순한 감정을 지닌 인물이었다.

편견은 없고 차별하지도 않는다. 딱히 오크가 더욱 싫은 것도 아니었다.

왜냐면 그는 오크에 대해서 잘 알기 때문이었다.

십 년의 전쟁으로 잘 알게 되었으니까.

휴스턴은 부관이 되었을 때, 오크를 보다 더 효율적으로 죽이기 위해서, 또한 오크로부터 가능한 한 피해를 입지 않기 위해서 그들을 알 필요가 있었다.

　그는 전시 중, 오크에 대해서 누구보다도 공부를 했다. 오크를 관찰하고, 과거의 문헌을 뒤지고, 때로는 포로로부터 이야기를 들었다.

　그 결과, 휴스턴은 배웠다.

　오크가 자신들과는 명백하게 다른 상식을 가지고 있을 뿐인, 긍지 높은 전사라는 사실을.

　물론 좋은 감정만 가진 것은 아니었다.

　동료나 부하가 다수 살해당했기에 싹튼, 어두운 감정도 있었다.

　하지만 전쟁은 끝났으니까 불필요하게 미워할 필요가 없다고는 생각할 수 있을 만큼, 오크를 가깝게 느끼고 때로는 존경하기도 했다.

　추방자 오크에게 엄격한 것은 그들이 오크 가운데 가장 혐오스러운 존재이기 때문이었다.

　오크의 단순명쾌한 율법조차 따르지 못하는, 자기 멋대로 살아가는 길을 선택한 존재. 그런 자들이 휴먼의 거주 구역까지 왔다고 해서 휴먼의 규칙을 지킬 리도 없다.

　사람의 사회에 적합할 수가 없는 자 따윈 해수나 마찬가지.

　그래서 죽이는 것이다. 가차 없이.

　어쨌든 그런 인물이기에 전후, 기사로 서훈되어 클라셀 기사단장으로 임명된 것이었다.

　그가 진두지휘를 맡으면 적어도 몇 년 이내로 오크와의 전쟁이

재개되지는 않을 테고, 설령 전쟁이 시작되더라도 클라셀을 지켜줄 것이라는 의도도 있었기에.

"뭐? 가도의 습격 사건 용의자를 붙잡았다고?"

그런 그는 어느 날 부하로부터 그런 보고를 받았다.

"예, 아무래도 오크인 것 같습니다."

"추방자 오크라면 죽여도 된다고 했을 텐데……?"

부하의 보고를 받은 휴스턴은 고개를 갸웃거렸다.

오크 킹과의 약속으로는, 나라에서 추방된 오크는 죽여도 상관없었다.

휴스턴으로서는 그런 녀석들은 오크의 나라에서 처분해줬으면 했지만, 오크에게는 오크의 법률이 있으니까 어쩔 수 없다며 포기했다.

"아뇨, 그게 옷차림도 괜찮고 답변도 확실해서 추방자가 아닐지도."

"그렇다면 풀어줘라. 불쌍하잖아."

"그게, 주디스 님이, 어쩐지 수상한 구석이 있다고……."

"그 멍청한 계집, 오크와 전쟁이 벌어지면 어떻게 책임지려고 그러는지……."

주디스는 숲에서 벌어지는 습격 사건을 담당하는 여기사다.

부임한 지 일 년이 된 신입 기사로, 간신히 근무에 익숙해졌다고 판단하여 사건 하나를 맡겼다. 금방 끝날 것 같은 사건이었는데 의외로 범인이 교활한지, 아니면 예상외로 주디스가 무능했는지 아직 성과를 올리지는 못했다.

최근에는 성과가 제대로 없다는 사실에 초조해하고 있었다.

뭐든 괜찮으니까 공적을 올려서 무능하지 않다는 증명을 하고 싶은 것이리라.

"너는 어떻게 생각하지?"

"그렇군요, 확실히 수상한 부분도 많습니다. 여행의 목적은 입에 담지 않았고, 페어리도 붙어 있었습니다. 저희에게 포위당하고도 몹시 차분했으니까, 어쩌면…… 스파이일지도 모르겠습니다."

"픕……."

휴스턴은 그만 웃음을 터뜨렸다.

이 병사는 아직 젊어서 전쟁에 참가하지도 않았다.

그래서 오크가 어떤 종족인지를 잘 모르는 것이었다.

오크를 잘 안다면 스파이라는 단어와는 거리가 먼 존재임은 알 수 있었다.

"휴스턴 님, 웃을 일이 아닙니다! 일부러 저희에게 붙잡혀서, 내부에서 정보를 얻어내려고 하는 걸지도 모른다고요!"

"멍청하긴, 오크가 그런 약삭빠른 짓을 할 것 같으냐. 스파이라면 페어리만 왔을 테지."

휴스턴이 알고 있는 오크라면 일부러 붙잡히지는 않는다.

홀로 있을지라도 포위를 돌파하고자 전투를 시도하고, 잘 풀려서 전멸시킬 수 있었다면 그 자리에서 주디스를 범하며 심문하여 정보를 얻을 것이다.

애당초 상대의 내부로 숨어들어서 정보를 수집한다니, 오크에게 그런 고도의 행동은 불가능한 것이었다.

기껏해야 정찰 정도가 최대한 가능한 일일 것이다.

적은 어디에 진지를 구축하고, 몇 명이 있고, 무기 구성은 검과 활과…… 그런 정찰은 오크도 자주 진행했다.

다만 불가능한 것은 스파이 행위 정도, 전술에 대해서는 휴먼이 혀를 내두를 만큼 치밀하게 진행했지만.

어쨌든 싸우지 않고 얌전히 붙잡혔다면 추방자 오크는 아닌 듯했다.

오크 킹이 내린 법률에 따라 휴먼과 사이좋게 지내려고 하는, 이성적인 오크이리라. 집단 그 자체에 귀속 의식을 가진 오크가 홀로 여행을 한다는 이야기는 거의 못 들어봤지만…… 오크 가운데도 이런저런 녀석들이 있다. 그런 녀석이 있어도 이상할 일은 아닐 터.

그런 상대를 주디스가 성급하게 붙잡고 말았다……라는 것이 이번 일의 진상이리라.

휴스턴은 그렇게 판단했다.

'하지만 페어리가 붙어 있다는 건 확실히 신경 쓰이는군.'

전쟁 중, 오크와 페어리가 함께 싸우고 있다면 그것은 작전 행동을 의미했다.

이제 전쟁은 끝났다고 해도, 과거의 전쟁 감각이 휴스턴을 경계하도록 만들었다.

"그래, 나도 잠깐 면회를 해볼까."

휴스턴은 그러면서 일어섰다.

◇

감옥은 기사의 대기소 지하에 있다.

전시 중에는 많은 포로를 수용하고 고문하여 죽음이 이르게 한 장소였다. 종전 직전에는 역병이 만연하여, 휴스턴은 누가 부탁해도 다가가려고 하지 않았던 곳이다.

전후에는 깨끗이 청소하여 경범죄자 수용소로 사용하고 있었다.

지금은 어렴풋이 감귤계의 향기마저 감돌 정도였다.

"이제 그만 여행의 목적을 말해라! 무슨 목적으로 그 숲을 걸어왔나! 어째서 클라셀에 왔지! 그 페어리는 뭐냐!"

그런 감옥으로 이어지는 계단을 내려가는데, 휴스턴의 귀에 주디스의 목소리가 울렸다.

신입 기사라고는 여겨지지 않을 만큼 익숙한 위협이었다.

저렇게 험악해서야 붙잡힌 오크 녀석도 솔직히 이야기할 수가 없다.

그보다도 오크는 타인이, 특히 여자가 얕잡아보는 것을 극단적으로 꺼린다.

켕기는 것이 없더라도 여자한테 위협당하고 순순히 무언가를 이야기하다니 자존심이 허락하지 않는다, 그런 자가 많았다.

휴스턴은 그리 생각하고 쓴웃음 지었다.

금세 오크에게서 "이야기하길 원한다면, 있는 힘껏 덤벼봐라"라는 말이 튀어나올 것이다.

그리된다면 더 이상 이야기는 통하지 않는다.

오크를 상대로 하는 심문으로서는 하수 중의 하수였다.

"여행의 목적은 사적인 일이다. 간단히 말하면 물건을 찾고 있지. 숲을 걸어온 것은 그쪽이 빠르기 때문이다. 이곳으로 온 것은, 이곳에 찾는 물건이 있을지도 모르니까. 페어리는 옛 친구다. 내 여행의 목적을 알고서 협력해주고 있지."

하지만 들린 것은 의연한 대답이었다.

그 음색에 휴스턴은 "호오"라며 숨을 내쉬었다. 위협을 당하고서 외고집이 되는 것은 기본적으로 젊고 혈기왕성한 오크다. 오크 중에서도 특히 역전의 전사라면 다소의 위협 따윈 신경 쓰지 않는 자가 늘어난다.

전장에서의 포효와 비교하면 평상시의 위협 따윈 평범한 대화나 마찬가지인 것이리라.

하지만 그리된다면 다른 의문이 떠오른다.

어째서 그런 역전의 오크가 나라를 나와서 물건을 찾고 있는가…….

"찾고 있다는 그 물건은 뭐냐?! 어째서 찾고 있지?!"

"그건…… 말할 수 없다."

"어째서냐! 수상하다고! 네놈, 뭘 숨기고 있지?!"

존재를 알려지면 새치기당할 법한 물건인가.

혹은 잃었다는 사실이 알려지면 곤란한 물건인가. 휴스턴은 두 가지 패턴을 순간적으로 생각하며 감옥으로 들어가는 문에 다다르고, 문득 무언가 좋지 않은 예감을 느꼈다.

'이 목소리…… 어쩐지 기억에 있지 않나……?'

휴스턴의 예감이라는 것은 들어맞는다.

이 예감 덕분에 그 전쟁에서 살아남았다고 해도 과언이 아니었다.

'역시 들어가지 말까…….'

그런 심정이 가슴속에서 오갔다. 그런 마음속의 속삭임은 언제라도 휴스턴의 목숨을 구했다.

하지만 그런 예감이라고 해도 지금은 평화로운 시대. 목숨까지 빼앗길 일은 거의 없을 것이다.

게다가 이대로 주디스를 내버려 두더라도 쓸데없는 문답이 이어질 뿐. 휴스턴은 그런 쓸데없는 일이 싫었다.

그래서 휴스턴은 심문실로 이어지는 문을 열었다.

"주디스, 너무 과하게 하지 말라고. 외교 문제가 되면 귀찮……히에아!"

무심결에 얼빠진 비명을 흘렸다.

동시에 오싹한 것이 등줄기를 지나가고, 심장이 벌렁벌렁 뛰고, 다리가 도망치라고 외쳤다.

뇌리에 스친 것은 전시 중, 자신이 오크 방면군의 사령관이 되고 얼마 안 되었을 무렵에 벌어진 전투의 기억이었다.

그 전투는 승전이어야 했을 터.

전력은 이쪽이 많았고 작전에 빈틈도 없었다.

그런데도 선봉이 적진을 돌파하지 못하고 측면에서 들어온 공격으로 부대가 분단, 그래서 예비 병력을 전선으로 보낸 참에 본

진으로 강습이 들어왔다.

작전이 읽혔는가, 아니면 단순한 우연인가. 본진을 강습한 부대는 소수였지만 정예였다. 특히 선두에 서서 대검을 마구 휘두르던 오크를 휴스턴은 잊을 수가 없었다.

그 오크에게 실력으로 자신이 있던 부관이 살해당했다.

휴스턴은 부관이 살해당하는 동안에 허둥지둥 철수했다. 무사히 거점까지 돌아왔을 때는 악몽이라도 꾼 것만 같았다. 그럴 만큼 두려운 체험이었다.

하지만 꿈이 아니었다.

왜냐면 악몽은 그 한 번으로는 끝나지 않았으니까.

그 후, 몇 번이나 전장에서 그 오크와 조우한 것이었다. 휴스턴의 입장에서는, 그 오크는 언제라도 자신의 목숨을 노리는 것처럼 보였다.

실제로 노렸을 것이다. 사령관인 휴스턴을 쓰러뜨리면 휴먼군의 기세를 깎아낼 수 있으니까.

휴스턴은 그 오크와 제대로 검을 겨룬 적은 한 번도 없었다.

모든 전투에서 전력으로 도망쳤다. 그래도 죽지 않았던 것은 단순한 기적이었다.

그 오크는 어떤 불리한 전장에서도 나타났다.

아군이 아무리 대군이라도, 아무리 강한 동료를 데리고 있더라도 반드시 나타나서는 절대 도망치지 않고 싸웠다.

레미엄 고지 결전에서 휴먼의 현자가 드래곤을 데리고 현장에 나타나서 데몬이나 오거조차 재로 변했을 때도, 그는 그 자리에 버티고 서서 다른 전사와 함께 드래곤과 싸웠다.

휴스턴은 그 모습을 보고 동경마저 품었다.

추악할 터인 오크가 아름답다는 생각마저 들었던 것이다.

그래서 겁먹지 않았다.

피부 색깔은 일반적인 녹색. 오크치고는 조금 작은 체구지만 밀도 높은 근육으로 덮인 몸.

매 같은 눈, 보랏빛이 있는 푸른 머리카락.

외모는 특징이 없는 녹색 오크지만 잘못 볼 일은 없었다.

이렇게나 접근한 것은 오크와의 화친 조인식 때뿐이었다.

아니, 그때조차 이렇게까지 접근하지는 않았다. 이십 미터는 떨어져 있었을 것이다.

지금의 거리는 고작해야 오 미터.

공격 범위 안이었다.

자신의 키는 충분히 될 법한 대검을 가지고 있지는 않았지만 휴스턴은 알고 있었다.

이 오크는 수화(獸化)한 비스트족과 동등한 속도로 움직이고, 맨손으로 드워프가 만든 흑갑옷을 찢어버릴 수 있다.

이 눈으로 봤으니까 틀림없다.

아무도 믿어주지 않았지만 전임 사령관은 그렇게 죽었다.

이 오크를 표현하는 이름에는 부족함이 없었다.

『광전사』, 『파괴자』, 『몰살자』, 『날뛰는 소』, 『호완(豪腕)』, 『시나와시 숲의 악몽』, 『녹색 재앙』, 『용 단두』…….

그밖에도 아직 더 있지만…… 모든 것이 그 하나를 가리키는 말이었다.

그리고 그는 오크의 나라에서는 이렇게 불린다.

『오크 히어로』배시.

가장 위험한 오크가, 그곳에 있었다.

"……."

보아하니 배시가 전장에서 항상 데리고 다니던 페어리도 칭칭 묶여서 테이블 위에 누워있었다.

그 페어리도 휴스턴은 알고 있었다.

치료약이 되는 페어리는 붙잡아도 죽이는 경우는 거의 없었다. 그런 휴먼의 생각을 이용하여 일부러 붙잡히고, 무언가 마법으로 적진의 위치를 위험한 오크에게 알려서는 불러들였다.

그 행동에서 붙은 이름은『가짜 미끼 젤』.

"주, 주디스……."

휴스턴이 한심한 목소리를 흘리면서도 도망치지 않았던 것은 부하의 눈이 있기 때문이었다.

그는 이곳의 기사단장. 기사와 병사를 통솔하는 자. 사령관이다. 게다가 기사나 병사들로부터는 경애를 받는다고 자부했다. 그 신뢰를 잃는 것은 피하고 싶었다.

게다가 자세히 보니 배시가 온화한 표정으로 주디스를 상대하고 있었다.

모든 것을 사냥하는 살인귀 같은 눈빛은 차분히 가라앉아서 손자의 투정을 들어주는 호호 할아버지의 자비마저 느껴졌다.

아아, 그 악귀도 이런 표정을 띨 수 있구나. 분노만이 아니구

나. 그렇지, 어쨌든 전쟁은 끝났는걸. 평화로운 시대인걸. 그리 생각하게 만들 법한 눈동자였다.

하지만 그 배시라는 사실에 변함은 없었다.

휴스턴은 심호흡을 한 번 하고 최대한으로 경계하며, 엉거주춤한 자세지만 주디스에게 말을 건넸다.

"뭐, 뭘 하고 있는 거지?"

"옛! 서쪽 숲에서 오크에게 습격을 당했다는 신고를 받고 조사하던 참에 수상쩍은 오크가 마을로 들어왔다는 정보를 얻었습니다. 곧바로 추적, 숙소에서 체포. 현재는 심문 중입니다."

"어, 흐─음……."

오인 체포다. 휴스턴은 금세 이해했다.

배시라면 목격자 따윈 남기지 않는다. 켕기는 일이 있다면 포위 따윈 돌파해서 도망쳤을 터.

이 오크는 포위망을 깔아도 백 명 정도라면 가볍게 돌파하고 도망칠 수 있다.

어째서 그리 단언할 수 있느냐고? 그것을 해낸 적이 있으니까.

"대부분의 정보는 끄집어냈고 남은 것은 이 녀석의 여행 목적을 캐내는 것뿐입니다. 이 자식! 냉큼 털어놔라, 빌어먹을 돼지새끼가!"

주디스는 배시의 멱살을 붙잡고 지근거리에서 쨰려봤다.

오한이 휴스턴의 등줄기를 지나갔다.

"어, 어, 그, 그만해, 난폭하게 굴지 말고!"

제지하고자 순간적으로 꺼낸 목소리는 너무나도 한심했다.

그게 그렇잖아? 아무리 평화로운 시대라도, 화를 내도 될 때는 있는 것이다. 예를 들면 트집을 잡혀서 감옥으로 끌려와서는 전쟁을 체험한 적이 없는 새파란 애송이한테 멱살을 붙잡히고 거만하게 위협을 당할 때라든지.

다시 말해, 그야말로 지금이 그때였다. 그는 화를 내도 된다.

"더 이상 할 수 있는 말은 없다."

하지만 배시는 화내지 않았다.

오히려 코를 실룩거리며 온화한 표정을 띠었다.

틀림없이 이 감옥 곳곳에서 감도는 감귤계 향기가 그의 마음을 달래고 있을 것이다. 오크는 뭐든 먹지만 의외로 과일을 좋아하니까.

휴스턴은 이 감옥에 감귤계 향유를 사용하자고 제안한 부하에게 감사했다. 급료 인상도 검토했다.

"어흠…… 주디스. 지금 당장 그에게서 손을 떼라. 그리고 그대로 천천히 물러나서 내 옆까지 오는 거다."

"왜 그러십니까? 『돼지 살해자 휴스턴』 경께서 그런 나약한……."

"그 이름을 꺼내지 말라고!"

휴스턴의 별명은 오크의 입장에서 보면 재미없는 이름이었다.

추방자 오크를 체포했을 때에 이 이름을 꺼내면 대부분은 증오스러운 눈빛으로 노려보고, "네놈이 돼지 살해자냐…… 죽여 버리겠다!"라며 더럽게 매도했다.

그만큼 『돼지 살해자』의 이름은 오크에게 무거운 의미를 가진 것이었다.

뭐, 돼지라고 불려서 화가 났을 뿐일지도 모르겠지만.

"무슨 말씀이십니까, 이 추방자 돼지 녀석한테 휴스턴 님의 위업을 가르쳐주죠. 알겠나, 돼지 새끼. 여기 계신 이분은 앞선 전쟁에서 오크를 가장 많이 죽인 대장군 휴스턴 님이시다. 너 같은 오크 따윈 코를 후비면서라도——."

그 직후, 휴스턴은 외쳤다.

"시끄러워! 슬슬 안 닥치면 패버리겠어! 냉큼 이쪽으로 와라!"

영혼의 외침이었다.

"예······에······?"

주디스는 휴스턴의 험악한 태도에 어리둥절한 뒤, 영문을 모르겠다는 표정으로 물러났다.

영문도 모르고 혼이 나서 풀이 죽었다. 모른다면 나중에 설명해줄 필요가 있으리라.

하지만 지금은 배시가 우선이었다.

"스읍——······ 하아——······."

휴스턴은 심호흡을 한 번, 배시를 다시 돌아봤다.

배시의 눈은 주디스가 물러나자 매 같은 눈빛으로 되돌아갔다. 휴스턴의 입가가 움찔 떨렸다.

"부, 부하가 실례를 저질렀습니다. 이 멍청이는 가도 습격 사건의 책임자인데, 최근에 성과가 없다 보니 공적에 안달하고 있어서······. 아, 말씀이 늦었습니다. 이 마을의 군을 총괄하고 있는 휴스턴 제일이라고 합니다."

"배시다."

"예, 이름은 전부터……."

"나를 알고 있나?"

"전쟁 중에 몇 번인가 뵌 정도입니다만……."

그러자 배시는 휴스턴의 얼굴을 빤히 봤다. 얼굴을 떠올리고 갑자기 습격하지는 않을까. 아니, 그는 이성적인 오크일 터.

자신의 첫 판단을 믿자. 지금 습격할 것이라면 이미 진즉에 부하는 희생되고, 주디스는 눈을 까뒤집고 기절해서는 사타구니에서 허연 액체를 흘리고 있었을 터다.

스스로를 그리 타이르며 휴스턴은 미소를 만들었다.

삼십여 년의 절개, 오크를 상대로 이렇게 웃은 적은 없었다.

아니, 휴먼을 상대로도 이런 미소를 만든 적은 없었을지도 모른다.

"휴먼의 대전사장인가."

"……예. 뭐, 그런 사람입니다."

"그립군. 잘 지냈나?"

순간, 배시의 송곳니가 드러났다.

위협으로도 받아들일 수 있을 법한 표정이었다. 하지만 휴스턴은 오크에 대해서 누구보다도 잘 아는 남자였다. 사나운 이 표정이 단순한 미소라는 사실을 알고 있었다.

그렇기에 가볍게 안도하고 대화가 성립된다는 사실을 확신했다.

"이런 일이 된 것은 전부 제 감독 불찰이 원인, 관대하신 마음으로 용서해주신다면 다행입니다."

"화나진 않았다."

배시는 귀찮다는 듯이 그리 말하고는 아쉬운 듯 주디스 쪽을 봤다.

그것을 보고 휴스턴은 "주디스한테 화가 나기는 했지만 죽일 정도는 아니다" 정도라고 판단했다.

그만한 취급을 당하고, 그 정도. 오크라고는 여겨지지 않을 만큼 그릇이 큰 인물이었다.

평범한 오크라면 적어도 주디스만은 갈가리 찢어놓았을 것이다. 하지만 언제 역린을 건드릴지는 알 수 없었다.

휴스턴은 가능한 한 빨리 대화를 마무리 짓고자 말을 꺼냈다.

"으음…… 일단 몇 가지 말씀해주시겠습니까? 그렇게 시간을 빼앗지는 않을 겁니다."

"또냐, 몇 번이나 같은 소리를 하게 만들 셈이냐."

"조금만, 조금만 더, 어울려주신다면……!"

같은 소리를 몇 번이나 물은 거냐, 씁쓸한 표정을 띠며 휴스턴은 주디스를 노려봤다.

주디스는 겸연쩍은 표정으로 고개를 돌렸다.

"으음……."

그리고 휴스턴은 신고를 받았다는 서쪽 숲의 가도에서 벌어진 일에 대해서 물었다.

대답은 물론 다르지 않았다.

마차는 벅베어에게 습격을 당했고, 배시는 지나가다가 벅베어를 쫓아냈을 뿐.

여자한테는 말을 건넸는데, 성교의 동의를 얻고 싶었을 뿐. 어째서 덮치지 않았느냐면, 오크 킹의 이름 아래 다른 종족과의 합의 없는 성행위는 엄히 금지되어 있으니까.

배시는 그 규율을 지킬 생각이니까 덮쳤다는 것은 오해였다.

휴스턴은 그 이야기를 듣고 과연 그렇겠다며 수긍했다. 다른 추방자 오크의 말이라면 모를까, 이 남자의 말이라면 거짓이 아닐 것이다.

정말로 우연히 현장을 맞닥뜨렸을 뿐인 것이다.

그에 대해서는 휴스턴도 예상하던 그대로였다.

정말로 습격했다면 일단 놓칠 일은 없다. 배시한테서 도망치는 것이 정말로 목숨이 걸린 일이라는 사실은 휴스턴이 누구보다도 잘 알고 있었다. 진심으로 쫓아오는 배시한테서 도망친다면 중무장한 부하를 몇 명이나 희생하고, 그러고도 운이 필요한 일이었다.

그러니까,

"마지막으로 하나만 더."

이것이 가장 중요했다.

"찾는 물건이라고 그러셨는데…… 그 사실을 오크 킹께서는 아시는지요?"

"물론이다."

"그렇군요."

그 대답에 휴스턴은 납득이 갔다.

어째서 배시가 이곳에 있는가.

그 이유. 여행의 목적.

그것은 오크 킹의 명령이었다. 오크 왕 네메시스가 배시에게 무언가 명령을 내린 것이다. 그 명령에 따라서 배시는 여행에 나섰다.

중요한 명령의 내용은『무언가, 혹은 누군가의 수색』이다.

"곤란하네요. 그런 일은 제대로 나라를 통해서 진행해야 할 터인데."

"개인적인 용건이라서 말이다. 폐를 끼칠 생각은 없다."

그것도 아무래도 휴먼에게 숨겨야만 할 법한 물건…… 혹은 사람인 듯했다.

배시 정도의 영웅이 움직이니까 상당한 일일 것이다.

손에 넣으면 나라에 큰 이익을 가져다주는 것인가, 혹은 내버려 두면 나라에 막대한 불이익을 끼칠 수 있는 것인가…….

어쨌든 오크의 나라에게 중대사임은 틀림없을 것이다.

그렇지 않다면 나라의 영웅을 홀로 내보낼 리가 있겠는가.

이 오크가 이 자리에서 주디스나 휴스턴을 죽이지 않는 것은 그 임무 덕분이리라.

휴먼을 죽여서 소동이 벌어지면 임무에 지장이 생기는 것이다.

문제는 그 임무의 상세한 내용인데…….

"알겠습니다."

휴스턴은 배시의 임무에 대해서 생각하는 것을 그만뒀다.

어쩌면 찾는다는 그 물건은 휴먼에게 해가 될지도 모른다.

"그럼 이상입니다. 시간을 빼앗아서 죄송했습니다."

하지만 휴스턴에게는 관계가 없었다.

쓸데없는 일에 끼어들었다가 목숨이 위태로워지는 것은 전적으로 사양이었다.

목숨이란 전장에서 가장 중요하고, 그렇지만 가장 값싼 것이다.

배시의 체포는 오해에서 비롯된 체포였다. 그는 얌전히 체포당하고 사정을 이야기해주었다.

그렇다면 이것으로 이번 일은 끝이다.

일단락되었다.

일단 내일에라도 본국에 『오크 히어로 배시가 왔다. 무언가를 찾는 모양이다』라고 보고하겠지만, 그다음부터는 다른 누군가의 일이다.

"음."

배시는 깊이 고개를 끄덕이더니 젤의 포박을 풀기 시작했다.

"잊으신 물건이 없도록 조심히 돌아가시길."

휴스턴은 안도한 표정으로 그리 말했다.

이것으로 안심이다. 처음으로 가까이서 대화를 나눈 배시는 영웅다운, 그릇이 큰 인물이었다.

하지만 크다고는 해도 어디서 폭발할지는 알 수 없다.

휴스턴은 오크에 대해서 잘 안다. 하지만 그렇기에 자신이 모르는 상식이 있다는 것도 알고 있었다.

역린을 건드리기 전에 냉큼 돌려보내는 것이 최선이다. 그리고는 마을 안에서 쓸데없는 소동을 일으키지 않기를 기도할 뿐.

병사도 붙이지 않는다. 부하의 목숨은 소중하다. 어쨌든 노터치.

휴스턴은 그리 결정했다.

스스로 목숨을 아꼈기에 여기까지 살아남았다. 전쟁이 끝났는데도 사선을 헤맬 수야 있겠는가.

"······음."

하지만 배시는 페어리의 포박을 풀면서 복잡한 표정을 띠고 있었다.

그는 주디스 쪽으로 흘끗흘끗 시선을 날리고 있었다.

'어라······?'

그 시선을 보고 휴스턴의 사고에 무언가 걸리는 것이 있었다.

돌아가라고 그러자 머뭇거리는 배시.

그 이유는? 어째서 주디스를 보나? 그녀에게 화가 났나? 하지만 조금 전에 직접 화나지 않았다고 말했다. 그렇다면 어째서 그녀를? 이 오크가 가지고 있는 그녀의 정보는 뭐지?

그녀는 기사. 서쪽 숲 수색. 가도의······ 그렇다면!

휴스턴은 자신의 지나치게 똑똑한 머리를 풀로 돌려서 결론을 이끌어냈다.

"설마 가도의 습격 사건이 그『찾는 물건』과 관계가 있다고?"

"······?"

배시는 한순간 움직임을 멈췄다.

무슨 생각을 하는지 잘 알 수 없는 무표정.

하지만 포박에서 풀려난 젤이 팔랑팔랑 날아와서 배시에게 귓속말을 하자 그는 퍼뜩 놀란 표정을 띠었다.

그리고 요상한 표정으로 휴스턴을 돌아보더니 조용히 고개를 끄덕였다.

"음. 그럴지도 모르겠군."

"역시!"

자신의 예상이 적중한 휴스턴은 싱긋 웃었다.

그는 똑똑한 남자였다. 스스로를 신변의 위기에 드러내지 않고, 거리의 소동을 억제하고, 마침내 이 오크에게 은혜를 베풀 방법을 떠올린 것이었다.

휴스턴은 성자가 아니다.

추후 자신의 인생이 유리해질 법한 것을 손에 넣을 수 있다면 조금은 욕심도 내는 것이었다.

"그렇다면 주디스를 붙여드리죠. 그녀는 가도의 습격 사건 책임자입니다. 사건을 조사한다면 그녀가 돕는 게 최선일 겁니다."

"예?"

반응한 것은 입구에 서서 불만스러운 표정을 띠고 있던 주디스였다.

"기다려주십시오, 휴스턴 님! 저를 이런, 여자를 범하는 것밖에 생각하지 못할 것 같은 생물과 함께 행동하도록 만들 생각이십니까?!"

주디스는 앞으로 불쑥 나와서 배시 쪽을 손가락질했다.

배시는 그 손끝을 보며 낮은 음색으로 말했다.

"조약으로 동의 없는 교미는 금지되어 있다. 너를 범할 일은 없어."

휴스턴은 그 말을 듣고 가슴이 뜨거워졌다.

다시 생각해보면 배시라는 이 오크는 전시 중, 부대를 궤멸시켜도 여자를 데려간 적은 없었다. 다른 오크가 명령을 무시하고 그 자리에서 여자를 범하기 시작할 법한 녀석뿐이었는데도.

오크라면 여자를 범하고 싶다는 생각이 없을 리가 없는데…….

우직할 정도로 오크 킹이 정한 규율을 지킬 생각인 것이었다.

"자, 이렇게 말씀하시잖아."

"어떻지요! 휴스턴 님도 알고 계시겠죠! 오크라는 생물은 분별력 없는 추악한 종족입니다. 입으로는 이런 소리를 해도, 남들의 시선이 없는 곳에서 단둘만 남으면 그 본성을 드러낼 것이 틀림없습니다."

그 말을 듣고 휴스턴은 주디스의 멱살을 붙잡았다.

"적당히 해라. 알겠느냐, 이 사람은 말이다, 흔해빠진 추방자 오크와는 달라.『오크 히어로』배시 경이야."

"예? 히어로? 그게 뭡니까? 오크 킹의 친척 같은 겁니까?"

휴스턴은 현기증을 느꼈다.

『오크 히어로』배시라면 전시 중, 오크 방면군에 소속되어 있던 자라면 누구라도 아는 이름이었다.

아무리 주디스가 전쟁이 끝난 뒤에 기사가 된 신입이라고는 해도 이렇게까지 세상 물정을 모르냐고.

"……."

마구 화를 내고 싶어지는 기분을 휴스턴은 꾹 참았다.

전쟁이 끝나고 삼 년.

전쟁 중에 병사였던 자는 거의 대부분이 고향으로 돌아갔다. 전쟁에서 멀리 벗어나서 평화롭게 살고 있다.

이 마을에 있는 병사도 대부분 전쟁을 경험하지 않았다.

오크 킹의 존재는 알아도 네메시스의 이름을 모르는 자도 많은 것이었다.

게다가 요새 도시와 오크의 나라 사이에는 그다지 교역이 진행되지 않는 상태였다. 주디스든 그녀의 부하 병사든, 추방자 오크 말고는 본 적이 없었다. 규칙을 지킬 생각이 없는, 혐오스러운 범죄자들밖에……. 그러니까 모르더라도 어쩔 수 없는 일일지도 모른다.

"너는 모를 수도 있겠지만, 오크 가운데서도 특히 높은 지위에 있는 분이다. 본래라면 네놈이 대화조차 나눌 수 없는, 높으신 분이라고."

"허…… 예에? 그렇습니까? 오크인데?"

"몰래 클라셀에 방문하신 모양인데, 혹시 이분이 진심으로 화를 낸다면 너 따윈 순식간에 고깃덩어리야."

"예에……."

주디스는 아무래도 와 닿지 않는 모양이었다.

휴스턴은 그렇다면, 하고 살짝 방향성을 바꾸기로 했다.

"혹시 너 때문에 오크의 나라와 전쟁이라도 벌어져 봐라. 책임을 져서 사형당하는 건 피할 수 없겠지. 이런 평화로운 시대에 단두대 신세가 되고 싶나?"

"단두…… 하지만…… 그래도, 이 녀석은, 오크인데……."

휴스턴은 스스로를 겁쟁이에 기회주의자라고 생각했다.

전쟁 중, 배시한테서 이리저리 도망쳤기에 내린 자기평가였다.

하지만 주위에서는 그렇게 생각하지는 않았다. 주디스도 그 밖의 부하들도, 휴스턴은 누구보다도 냉혹하고 누구보다도 무서운 남자라고 생각했다.

그래서 이 말도 충고라기보다는 위협…… 협박당하는 것으로밖에 느껴지지 않았다.

아직 젊은, 신입인 주디스는 그저 떨 수밖에 없었다.

"이봐."

하지만 그것을 배시가 질타했다. 이때 처음으로 기분 나쁜 듯 소리 높이며 휴스턴을 노려본 것이었다.

"그 손을 놔라."

휴스턴을 퍼뜩 손을 놓았다. 마치 처음부터 아무것도 붙잡지 않았던 것 같이 신속했다.

"저기, 무슨 말씀이신지?"

"너……."

배시는 잠시 말을 골랐지만 금세 이렇게 말했다.

"여자한테 명령만 하고, 부끄럽지는 않나?"

"그…… 그건……."

휴스턴은 그 말을 듣고 가슴이 뜨거워졌다.

휴먼이 제멋대로 구속하고 오랜 시간 심문. 오인하여 체포했다는 사실을 안 뒤에도 여기사의 태도는 변함없이 자신을 모멸했다.

생각하는 바가 없지는 않을 터. 틀림없이 화도 났을 터. 그런데도 얼굴에 드러내지도 않고, 하물며 주디스를 배려하는 것 같은 말까지 꺼냈다.

흔해빠진 오크가 이랬다면 휴스턴은 코웃음을 쳤을 것이다.

여자인지 뭔지는 관계없다, 그녀는 자신의 부하다, 너랑은 관계없다, 물러나라고.

아니면 얕보았을 것이다. 붙잡혀서 겁을 먹고, 하지만 이야기가 좋은 방향으로 굴러가니까 금세 까불거리며 이런 소리를 한다고.

하지만, 아니었다. 이 오크는 눈 깜박할 사이에 이 자리에 있는 모두를 죽일 수 있다. 말로 가르쳐줄 필요가 없는 것이다. 힘으로 깨닫게 만들 수 있는 것이다. 휴먼이 얼마나 약한 생물인지를.

그는 그러지 않았다. 그렇게나 굴욕적인 취급을 당하고서도, 참았다.

어째서 그럴 수 있었는가.

아마도 그는 오크라는 종족 전체를 생각하기 때문이다. 휴먼과 적대한다면 오크 킹이 내린 규율을 어기게 된다. 다름 아닌 배시가 오크 킹의 명령을 어긴다면 혈기왕성한 오크들도 그것을 따라 하고 말 것이다.

그리된다면 오크는 또다시 다른 종족과의 전쟁을 시작하고 만다. 오크는 앞선 전쟁으로 수가 줄었다. 혹시 전쟁이 벌어진다면 이번에야말로 멸망의 길을 걷게 될 것이다.

그렇기에 스스로를 다스리는 것이었다.

임무를 위해서, 오크의 미래를 위해서 스스로를 희생할 수 있는 인물이었다.

저렇게나 강하면서도 그것을 자신을 위해서가 아니라 종족 전체를 위해서 사용할 수 있는 것이다.

이 어찌나 굉장한 남자일까.

상상 이상의 관대함, 큰 그릇……

수많은 것들이 큰 이 남자를 상대로 휴스턴은 스스로가 부끄러워졌다.

확실히 그의 입장에서 보면, 벌벌 떨면서 여자한테 명령만 내리는 자신은 한심해서 차마 볼 수가 없으리라.

지휘관으로서, 남자로서 이래서는 안 되는 것이다.

그래서 휴스턴은 각오를 다졌다. 역린을 건드릴지도 모르는 각오를.

"그렇군요…… 알겠습니다. 그럼 저도 숲의 조사에 동행하겠습니다."

그 순간 배시가 미묘한 표정을 띠었지만, 감명을 받고 맹목적인 상태에 빠진 휴스턴은 그것을 알아차리지 못했다.

5. 추적

꿈을 꾸고 있었다.

그것은 아직 배시가 전장에 막 나서기 시작했을 무렵의 꿈.

그날 배시는 적에게 기습을 가하고자 덤불 속에 숨어 있었다.

"있잖아, 너희는 아내로 삼는다면 어떤 여자가 좋아?"

덤불 속에 가만히 몸을 숨기고 있는데 블루핏이 그런 이야기를 꺼냈다.

그는 목덜미에 깊은 흉터가 있었다. 이 전투 전의 전장에서 깊은 상처를 입은 것이었다. 만약 목과 몸통이 분리되었다면 소생할 수 없었겠지만, 두껍고 단단한 오크의 피부와 근육 덕분에 경동맥을 잘리는 정도로 그쳤다.

생명력이 강한 오크라고는 해도 치료하지 않으면 그대로 죽음에 이르는 부상.

하지만 블루핏은 당황하지 않고 그대로 계속 싸워서, 자신에게 부상을 입힌 존재를 물리치고 멋지게 생환했다.

그 사실을 무용담으로 몇 번이고 이야기했다.

용맹하고 오크다운 남자였다.

"역시 드센 여자겠지."

빅덴은 동기 가운데서도 특히 몸이 큰 남자였다.

오크 신병은 힘에 의지해서 싸우는 경우가 많았다. 그렇다면 크기와 강함은 동격으로 이어진다. 크다면 다소의 부상을 무시하고서 싸울 수 있고, 크다면 더욱 크고 강한 무기를 다룰 수 있다.

거대한 곤봉을 양손에 들고 날뛰는 모습은 그야말로 오크족의 기대를 받는 신성이었다.

몇 번인가 전장을 헤쳐 나오고도 눈에 띄는 부상도 없어서, 배시의 동기 가운데 가장 기대받는 남자라고 할 수 있을 것이다.

"나도 드센 여자야. 게다가 휴먼이라면 여기사가 좋아. 대전사장의 아내 같은 녀석."

돈조이는 왼손의 약지와 소지가 없고 몸에 큰 화상 자국이 있었다.

첫 출전에서 마법사에게 불덩어리가 된 것이었다.

근처에 연못이 없었다면 그대로 죽어버렸으리라.

그 이후, 그는 방패 위에 물주머니를 숨겨두고 있었다. 배시와 동년배인 전사 가운데 가장 용의주도한 남자였다. 적 종족을 바탕으로 대책을 생각하고, 방패를 들거나 화염병을 들거나, 궁리를 게을리하지 않았다. 그 덕분에 부대가 도움을 받은 것은 한두 번이 아니었다.

"알겠네. 대전사장의 아내는 이미 셋이나 아이를 낳았는데도, 아직도 대전사장한테 저항한단 말이지. 그래서 부하 앞에서 범하고…… 헤헤, 서버렸어."

부더스는 레드 오크로, 이마에 십자 모양 흉터가 있고 배시 부대의 대장이었다.

팔이 다른 오크보다 한층 더 두껍고 그만큼 괴력을 자랑했다.

드워프 여자한테서 태어난 그는 손재주도 좋아서 컴포지트보우가 장기인 궁병이었다. 오크의 근력에 맞추어서 만들어진 컴포지트보우의 위력은 굉장해서, 맞으면 말을 나무에 꿰어놓고 와이번을 하늘에서 떨어뜨릴 정도였다.

대장인만큼 머리도 좋았지만 레드 오크라는 특수한 오크로 태어난 탓인지 스스로를 특별한 존재라고 생각해서 말과 태도가 거칠었다.

"아내를 들이기 위해서라도 출세해야겠지……."

배시는 그런 그들 가운데서는 가장 검을 잘 썼다. 하지만 당시에는 아직 특별히 강하다고 할 것도 없었다. 동기 가운데서는 가장 작은 체구였고 색깔도 녹색이었다.

따돌림을 당할 정도는 아니지만 인상은 옅었다.

"오. 틀림없네."

"한번 해볼까."

"좋아, 슬슬 오는군……. 전원, 조용히 해라."

부더스의 명령에 모두 입을 다물었다.

잠시 후, 발굽 소리가 들렸다. 상당히 발소리를 죽이고 행군하는 모양이지만 오크의 예민한 청각은 속일 수 없었다.

오크들은 말의 숨소리가 들리는 위치까지 적을 기다리고, 그리고…….

"고오아아아아아아아!"

습격했다.

적의 숫자는 기병이 다섯에 보병이 서른 정도였을까. 중대 규모였다.

반면에 오크 숫자는 다섯. 숫자가 불리한 것은 확실했지만 오크 전사인 그들에게 철수라는 두 글자는 없기에 그대로 난전이 벌어졌다.

……그 싸움에서, 빅덴이 죽었다.

◇

눈을 뜨자 배시는 모르는 방에서 자고 있었다.

'어디냐, 여긴……?'

얼른 몸을 일으키자 어제의 기억이 되살아났다.

어쩌다 보니 주디스와 함께 가도의 습격 사건 진상을 조사하게 된 것이었다.

하지만 그때는 이미 해가 졌기에, 배시는 요새의 개인실로 안내를 받고 그곳에서 묵게 된 것이었다.

'클라셀, 인가.'

후우, 숨을 내쉬었다. 그와 동시에 꿈의 내용을 되새김질했다.

'확실히 그런 대화를 나눈 적이 있었군…….'

전시 중의 꿈을 꾼 것은 어제 만난 주디스 탓이리라.

갑자기 나타난 여자. 괜찮은 용모에 평소부터 검을 휘두르는 덕분인지 몸매도 ◎. 목소리도 기분 좋게 귀에 울려서 계속 듣고 싶었다.

게다가 직업은 기사. 여기사라는 것은 오크에게 인기 있는 직업이었다.

자존심이 강해서 마지막까지 포기하지 않는다. 붙잡히고서도 저항하는 의지를 드러낼 만큼의 기개와, 그런 자존심 강한 여자를 억지로 임신시킨다는 상황에 오크는 흥분하는 것이었다.

아내로 삼는다면 기사나 공주라고 그럴 만큼…… 동료들 사이에서는 그런 이야기를 들었다.

배시로서는 딱히 공주나 여기사가 아니라도 상관없었다. 동정을 버릴 수 있다면 상대는 누구라도 괜찮았다.

하지만 주디스는 그야말로 오크가 꿈꾸는 여기사를 구현한 것 같은 여자였다. 저 여자로 동정을 졸업한다고 생각하면 저도 모르게 일부분이 건강해진다.

'저런 가련한 여기사와 갑작스럽게 만날 수 있다니 나는 운이 좋아.'

"아, 당신, 좋은 아침이에요."

배시가 감개에 잠겨 있었더니, 테이블 위에 앉아서 날개를 손질하던 젤이 히죽히죽 웃으며 이쪽을 보고 있었다.

"아침부터 혈기왕성하네요. 벌써 그 여자를 임신시키는 걸 생각하나요~?"

"뭐, 그렇지."

"이것 참―, 그건 그렇고 당신이 세운 건 처음 봤는데, 이야―, 훌륭하네요."

"그런가?"

그 말에 배시는 자랑스러운 기분을 느꼈다.

오크에게 부풀어 있는 사타구니를 드러내는 것은 수치가 아니다. 오히려 사나이다운 자신의 상징이니까 적극적으로 드러내야 한다고들 이야기한다. 물건의 크기를 자랑할 수 있는 것은 오크에게 두 번째로 기쁜 일이다.

첫 번째는 물론 강함을 자랑하는 것이다.

"주디스라는 그 여기사, 틀림없이 처녀니까요! 그걸 처넣으면 히익히익할 거예요."

젤은 농담을 던지고 있지만 조금 부끄러운 모양이었다.

고개는 배시 쪽으로 향했고 입가는 싱글거렸지만, 시선은 미묘하게 좌우로 헤매고 있었다.

"하지만 그 여자로 정말로 괜찮나요?"

"뭐가 말이지?"

"아니, 신입 주제에 엄청 건방지잖아요. 당신을 붙잡고서는 그런 거만한 시선으로! 관대한 나라도 조금 짜증이 났다고요."

"그게 좋은 거야. 드센 부분이."

"당신은 드센 여자가 좋나요?"

"그래. 오크는 다들 그렇지."

그리 말하지만 배시는 드센 여자와 만나 지근거리에서 대화를 나눈 것은 어제가 처음이었다.

그때까지는 대화를 나누지는 않고 전투로 들어갔다.

참고로 드센 여자가 좋다는 것은 어차피 오크 녀석들의 천박한 대화에서 얻은 정보에 불과했다. 오크는 다들『드센 여자가 좋다』

라고 그랬다. 그러니까 드센 여자가 좋은 것이었다.

"흐~응, 그런 거로군요."

젤은 마음에 담기지 않은 대답을 하며, 자신의 몸에서 떨어진 날개 가루를 모아서 작은 병에 담고 있었다.

요정의 날개 가루에는 신기한 힘이 있다. 상처에 뿌리면 그 상처는 치유되고, 먹으면 피로가 회복된다. 며칠 정도 계속 복용하면 대부분의 병도 낫고 미용에도 좋다.

이른바 만능약이었다.

요정의 메인 산업 중 하나임과 동시에, 육체적으로 약한 휴먼이 요정을 손에 넣고자 하는 요인 중 하나였다. 페어리의 나라도 다른 종족이 원한다면, 그렇게 적극적으로 날개 가루를 수출했다.

페어리 자체가 작으니까 대단한 양이 아니고, 시간이 지나면 지날수록 효력이 떨어지기 때문에 페어리를 밀렵하려는 휴먼은 끊이지 않았지만.

"자, 당신."

"괜찮겠나?"

"구해준 답례예요! 아, 하지만요, 사용할 때는 내가 안 보는 곳에서 사용했으면 해요."

젤은 머뭇머뭇 얼굴을 붉히면서 배시에게 병을 건넸다.

기본적으로 페어리는 이 날개 가루를 남에게 주는 것을 꺼렸다.

이 날개 가루는 요정에게 배설물이나 마찬가지니까. 아무리 요정이 찰나적인 생물이라고는 해도, 배설물을 상처에 바르거나 먹는 모습을 보면 기겁할 수밖에 없었다.

참고로 전쟁에 참가하지 않은 페어리의 나라 주민 대부분은 자신들의 배설물이 어디서 어떻게 사용되는지를 모른다.

휴먼은 자기 똥을 써서 농사를 짓는다던데? 꺄하하, 이상해라—!라며 웃는다.

물론 젤은 전쟁에서 살아남은 요정이다.

부끄럽기는 하지만 어느 정도는 그런 것이라며 구별하고 있었다.

"알겠다."

배시는 고개를 끄덕이며 병을 받았다.

"고맙군. 이것에는 몇 번이나 도움을 받았지."

배시가 아직 신입이었을 무렵에는 전투할 때마다 큰 부상을 당했는데, 요정 가루 덕분에 목숨을 부지했다.

전쟁도 종반으로 접어들자 배시는 거의 부상을 당하지 않게 되었지만, 스태미나가 무진장인 것은 아니라서 며칠이나 쉬지 않고 계속 싸우려면 이런 것이 필요했다.

이번에도 사용할 기회는 없을 것이다.

하지만 가지고 있다면 이만큼 든든한 것도 없다는 사실을 배시는 알고 있었다.

"그럼 얼른 옷을 입고——."

젤이 그렇게 입을 열려던 그때였다.

"이봐, 휴스턴 님의 명령으로 너를 안내……."

갑자기 문이 열리고 주디스가 얼굴을 내밀었다.

그리고 배시를 봤다. 실오라기 하나 걸치지 않은 늠름한 육체와 부풀어 오른 그의 사타구니를.

"······."

안면은 창백해지고 호흡이 멎었다.

그 얼굴의 근저에 깔린 감정은 배시도 잘 아는 것이었다.

분노.

주디스는 말이 나오지 않을 만큼 화를 내고 있었다. 이유는 배시로서도 알 수 없었다.

어젯밤에는 실내에서 취침하게 되었으니 갑옷을 벗어던지고 알몸으로 잤는데, 설마 그것이 주디스의 분노에 불을 붙이기라도 했을까······.

"······뭐지?"

"빨리, 준비를 해라······. 나는, 밖에서, 기다리겠다······!"

"알겠다."

눈여겨본 여자에게 실례를 했다면 사죄의 한마디라도, 그리 생각했지만 배시는 오크였다. 이유도 모르고 사죄하는 문화는 없었다.

"무엇을 화내는 거냐······."

"어제부터 엄청 까칠했으니까요. 화내는 게 디폴트가 아닐까요?"

"어제 모습과 지금 모습은 명백하게 무언가가 다른 것처럼 보였다만······."

"그런가요."

무언가가 다르다. 하지만 그 차이에 대해서 말로 설명할 수 있을 만큼, 배시는 사람과 사귀는 것이 능하지도 않았고 휴먼에 대해서 자세히 알지도 못했다.

"어쨌든 기다리게 하는 것도 그러니까 빨리 준비하러 갈까요!

여기사를 함락시키러!"

"그래!"

준비가 갖춰진 참에 두 사람은 방을 나섰다.

◇

클라셀 서쪽 숲.

그곳에는 한 줄기 가도가 이어져 있었다. 전시 중에 수송용으로 만들어진 가도인데, 이 가도를 만든 장군의 이름을 따서 브리쿠스 가도라고 불렸다. 이 가도를 따라서 더욱 서쪽으로 나아가면 둘로 나뉘어 한쪽은 엘프의 나라 월경지로, 다른 한쪽은 오크의 나라로 이어졌다.

가도라고 해도 마차가 아슬아슬하게 엇갈려 지나갈 수 있을 정도의 좁은 길이었다.

오크의 나라에 용건이 있는 사람은 그리 많지는 않고, 엘프의 나라 월경지로 가고 싶다면 더욱 안전한 길이 있으니까 통행량은 많지 않았다.

참고로 배시가 이용하지 않았던 것은, 오크에게 길을 걷는다는 상식이 없기 때문이었다.

숲속에서 헤매지 않고 어느 정도의 지형은 개의치 않는 그들에게 가도는 무용지물이었다.

그런 브리쿠스 가도에서 어떤 사건이 벌어졌다.

짐마차가 벅베어에게 습격을 당하고 탑승한 상인이 사망한 것이었다. 뭐, 자주 있는 사건이었다.

전쟁이 끝났다고는 해도 사람을 습격하는 짐승이 사라진 것은 아니었다.

지능이 낮은 마수는 도처에서 활보하며 때로는 사람을 습격하는 것이었다.

다만 그 숫자가 많았다.

그래서 클라셀의 기사단장 휴스턴은 헌터들에게 벅베어 토벌을 의뢰했다.

대부분의 경우, 이런 사건이 계속되는 것은 숲속에서 짐승 숫자가 너무 늘어났기 때문에 벌어진다.

그렇다면, 구제하면 그만이었다.

헌터는 벅베어의 큰 무리를 몇 번 구제했다.

서쪽 숲에서 모든 벅베어를 죽이는 것은 아니지만 큰 무리를 몇 번 없애는 것만으로도 효과는 있다.

이것으로 일단락.

습격 사건은 완전히 사라지지는 않을 테지만 숫자는 줄어들었을 것이라고.

하지만 그렇게 되지는 않았다.

습격은 벅베어를 구제한 뒤로도 같은 빈도로 계속된 것이었다.

무언가 이상하다. 그리 생각한 휴스턴은 신입 기사인 주디스에게 조사를 명령했다.

그녀는 신입이라고는 해도 기사가 된 지 일 년. 슬슬 무언가 일을 맡겨도 될 무렵이었다.

주디스는 힘을 내어 조사를 개시했다. 그녀는 그럭저럭 우수해서, 첫 임무에 허둥대면서도 신경 쓰이는 정보를 몇 가지 모아왔다. 우선 서쪽 숲에는 그렇게 많은 벅베어가 서식할 리가 없다는 것.

모험가들의 토벌 보고와 합쳐서 생각해도, 애당초 사건이 빈발할 만큼의 벅베어는 서식하지 않았다.

그리고 습격당한 상인이 가지고 있던 화물 몇 가지가 사라졌다는 것. 대형 상회가 리스트와 대조하지 않았다면 알 수 없었을 정도로 소수지만 있어야 할 것이 사라졌다.

벅베어나 야생동물이 흥미가 생겨서 가져가는 경우는 있을지도 모르겠지만 빈도가 너무 많았다.

그 두 가지를 바탕으로, 휴스턴은 이것을 인위적인 일이라고 판단했다.

누군가가 벅베어의 짓으로 꾸며서 습격하고 상품을 조금씩 빼돌리는 것이라고.

하지만 그 범인은 도무지 붙잡히지 않았다.

습격 사건은 벌어진다. 하지만 그 흔적은 무엇을 어떻게 조사해도 벅베어의 흔적이다.

벅베어들은 호위가 있는 대상에게는 접근하지 않지만, 전쟁이 끝난 지도 삼 년. 신진기예의 상인들도 많아서 호위를 고용할 수 있는 자만 있지는 않았다.

목격 정보를 모아도 어디까지나 벅베어에 따른 일이라는 것밖에 알 수가 없었다.

사람의 목숨이 걸려 있으니 첩보원을 두고 습격의 자초지종을 지켜볼 수도 없는 노릇이었다.

그 시점에서 주디스는 막다른 길에 몰렸다.

모이지 않는 정보, 보이지 않는 진상, 잡히지 않는 범인…… 알수 없는 것뿐이라서 주디스는 난처하고 초조했다.

첫 임무라는 사실이 그런 심정에 박차를 가했다.

난처해하던 주디스 앞에서 사건이 벌어졌다.

가도를 경비하던 참에, 그야말로 막 습격을 당한 마차를 발견한 것이었다.

그렇다고는 해도 그때는 하수인을 발견한 것은 아니었다.

다만 현장을 자세히 조사했더니 오크의 발자국을 발견. 그것을 추적했더니 클라셀로 이어져 있었다. 그리고 마을 안에서 목격정보를 모았더니 오크가 마을로 들어왔다는 정보를 입수. 게다가숲에서 오크에게 습격당했다는 여자 상인에게서도 증언을 얻을수 있었다.

그런 정보에 달려든 주디스는 더욱 조사를 진행했다.

그리고 여자 상인을 습격했다는 오크가 어느 여관에 묵고 있음이 판명된 것이었다.

조금 더 자세히 조사했다면 아무래도 이 오크는 습격자가 아니라는 사실을 깨달을 수 있었을 터이나…… 주디스는 초조해하고있었다.

간신히 손에 넣은 단서다운 것에 "이 무슨 일인가. 가도 습격사건의 범인은 마을 안에 있었던 것이다! 깨닫지 못할 수밖에! 등잔 밑이 어둡다고 하지 않는가! 좋아, 이걸 계기로 마을 안의 도적단을 일망타진해주마!"라고, 잔뜩 벼르고 말았다.

그리고 병사를 이끌고서 여관으로 향하고—— 배시의 오인 체포에 이른 것이었다.

"그렇게 된 겁니다. 배시 경, 어떻게 보십니까?"

배시는 습격 현장을 방문했다. 부서진 마차, 며칠이 지나서 파리가 꼬여 있는 말 사체.

그리고 선명하게 남은 발자국.

발자국은 세 종류. 상인의 것, 배시의 것…… 그리고 무수하게 남은 벅베어의 발자국이었다.

"……벅베어의 습격이로군."

배시는 습격 현장을 한바탕 보고 그리 결론 내렸다.

전쟁 중에도 이런 습격 사건은 몇 번이나 발생했다. 대부분은 적국 병사의 소행이었지만 때로는 짐승이나 마수에게 습격당한 경우도 있었다. 오크는 전사가 많으니까 대부분은 격퇴하지만, 그래도 습격하는 무리가 크다면 낭패를 보는 경우도 나온다.

눈 앞에 펼쳐진 것은 그런 현장과 똑같았다.

"흥. 그래 봐야 오크로군. 본 그대로 말하나?"

"으음……."

주디스가 도발하듯이 코웃음 쳤다. 배시는 전사라서 이런 조사는 그다지 특기가 아니었다. 그래서 본 그대로 말할 수밖에 없었다. 그렇지만 그래도 무언가, 무언가 하나는 괜찮은 모습을 보여주고 싶었다.

"음…… 그렇군. 우선 상인들 이외의 흔적은 남아 있지 않아. 짐도 거의 손을 안 댔지. 적군이 위장 공작을 펼치는 경우에도 짐에 손을 대지 않을 가능성은 낮아……. 특히 식량이나 물은 가장 먼저 빼앗기지. 전쟁 중이라면 벅베어의 습격으로 결론이 나겠군."

"그렇군. 그래서?"

배시는 작은 머리를 풀로 회전시켰다.

이렇게나 머리를 사용한 것은 알료샤의 동굴에서 드워프 군대에게 생매장을 당할 뻔했을 때 정도였다.

그때는 가진 모든 정보를 자원으로 써서 탈출한 것이었다.

"……혹시 사람의 손길이 미친 일이라면 무언가 목적이 있을 테지."

"그러니까 그 목적이라는 건, 사람의 손길이 미친 일이라는 걸 들키지 않고 상인을 습격하기 위해서라고 하는 거겠지. 들키지 않으면 잡히지도 않을 테니까 오랫동안 도적 생활을 보낼 수 있어. 정말이지, 이러니까 오크는 머리가 나빠서 곤란해……."

"으음……."

배시는 파트너 페어리 쪽을 흘끗 봤다.

이럴 때, 정찰 담당인 요정에게 의견을 묻는 것은 오크 전사의 상례였다.

젤은 현장을 돌아보며 흐―음, 하고 공중에서 반전하며 생각했지만 배시의 시선을 받자 고개를 내저었다.

"뭐, 현재로서는 벅베어의 습격이라고밖에 못 하겠네요."

"그것 보라고. 당연하지. 우리가 아무리 조사를 해도 알 수 없었던 일이야. 네놈들이 살짝 본 정도로 알 수 있겠나."

주디스는 거만하게 가슴을 폈지만, 가슴을 펼 만한 일은 아니었다.

어쨌든 젤로서도 알 수 없다면 배시가 알 수 있는 일도 아니었다.

"그럼 추적할까."

"그러네요, 다음으로 가죠."

"다음? 무슨 소리지."

주디스는 가슴은 편 포즈 그대로 의아하게 두 사람을 봤다.

"뭐긴요, 벅베어를 추적하는 거예요."

젤이 그리 말하자 주디스는 머리 위에 물음표를 띄웠다.

"추적? 무슨 소리냐. 벅베어는 교활해. 일류 헌터라도 추적할 수는 없다고."

벅베어는 추적할 수 없다.

그것은 휴먼의 상식이었다. 그들은 발자국을 교묘하게 지우고 똥도 둥지로 돌아가서만 싼다.

둥지로 돌아갈 때에는 강을 건너거나 나무를 타고 이동해서 흔적을 지운다.

그래서 헌터가 벅베어를 구제하는 경우에는 특수한 향을 태워서 유인하는 것이었다.

이 향은 벅베어의 피로 만든 것인데, 이것을 태우면 자기 영역을 어지럽혔다고 착각한 벅베어가 집단으로 습격을 가한다.

향을 태운 장소가 벅베어의 영역이라면 말이지만.

"……어라? 휴먼은 그런가요?"

하지만 그것은 어디까지나 휴먼의 상식이었다.

다른 종족도 그렇다고 단정할 수는 없었다.

"페어리는 다르다고?"

"아니아니아니, 페어리가 추적 같은 야만적인 일을 할 리가 없잖아요. 애당초 벅베어 같은 걸 쫓아서 어쩌려고요. 페어리의 나라에는 존재하지 않는 짐승이니까 흥미가 생겨서 쫓으려는 녀석은 있을지도 모르겠지만⋯⋯."

벅베어는 원래 휴먼의 나라에 없었던 마수다.

그런데 전쟁이 끝난 뒤로 휴먼의 나라에도 나타나게 되었다.

어째서? 벅베어가 이동했나? 영역 의식이 강한 짐승인데?

아니, 그것이 아니었다. 휴먼이 어느 종족의 영토를 빼앗았기 때문이었다. 그 영토에서만 벅베어가 발생한다. 그렇다면 벅베어는 원래 어떤 종족의 영토에 있었나.

"벅베어를 쫓아간다면 오크라고요. 이미 몇백 년이나 한 일이니까요."

그렇다, 오크의 나라였다.

◇

마수란 해수다.

구제했다고 생각해도 내버려 두면 발생하고, 때로는 밭이나 가축을 습격한다.

숫자가 늘어나면 적극적으로 사람을 습격하는 경우도 있다.

평범한 짐승과 마수의 차이점은 무엇이냐고 묻는다면, 그리 많

은 차이점은 없지만…… 단 하나. 어느 일정한 주기로 자연 발생
한다는 것 정도일까.

참고로 과거에는 적극적으로 사람을 습격하는 것이 마수와 짐
승의 차이라고 불렸다.

그래서 비스트나 오크, 데몬 같이 현재는 『사람』으로 취급되는
종족도 전쟁 전에는 마수나 마물이라 불렸다고 한다. 휴먼의 고
문서에 그리 적혀 있다.

그리고 벅베어는 그런 마물의 한 종류인데, 오크들로서는 흔한
짐승과 큰 차이가 없었다.

맛은 그렇게 맛있지도 않지만 크고 숫자가 많으니 배는 불렀다.

그래서 오크는 자주 벅베어를 사냥했다. 사냥은 새벽에 나가는
경우가 많아서, 문자 그대로 한 끼 거리였다.

전쟁 중에는 배시도 자주 벅베어를 사냥했다.

"……."

배시는 말 없이 벅베어를 추적하고 있었다.

오랜만에 하는 사냥이었지만 익숙한 일이었다.

벅베어는 교활하지만 결코 흔적을 남기지 않는 것은 아니었다.

특히 나무들에 칠해진 침 냄새는 추적의 큰 단서가 된다.

오크는 후각이 발달했다. 특히 마수의 냄새에 대해서는 민감했
다. 휴먼 헌터는 알 수 없을 정도의 미세한 냄새라도 감지할 수
있었다. 하물며 마수의 냄새에 대해서는 비스트족 이상이라고도
일컬어졌다.

반대로 말하면, 오크의 후각이 없다면 벅베어 추적은 곤란했다.

그들은 병적일 정도로 자신들의 흔적을 남기지 않았다. 설령 발견했을지라도 그 발자국은 신용할 수 없는 경우도 많았다. 둥지 방향과는 다른 쪽으로 발자국을 찍어서 추적자의 눈을 속이는 것이었다.

"오크는 마물에 대한 후각이 뛰어나다는 건 알고 있었지만 이 정도일 줄이야……."

휴스턴은 담담하게 벅베어를 추적하는 배시를 보고 감탄의 말을 흘렸다.

"대단한 일은 아니다. 비스트와 달리 쉽게 속일 수 있다는 건, 너라면 알고 있겠지."

"뭐…… 뭐어……."

배시의 대답에 휴스턴은 쓴웃음 지었다.

오크의 후각은 뛰어나지만 조금 조잡했다. 냄새가 난다는 것은 알아도 미세한 냄새를 분별하지는 못한다. 그것을 이용하여 휴스턴은 오크를 유인해서 일망타진한 적이 있었다.

작전을 고안한 것은 물론 휴스턴이었다.

휴스턴은 그 방법으로 배시를 함정에 빠뜨려 죽이려고 한 적도 있었다.

"어쨌든 이러면 습격을 가한 벅베어가 있는 곳까지 금세 다다를 수 있겠군요."

배시를 선두로 일곱 명이 줄줄이 따라갔다.

휴스턴과 주디스, 그리고 병사 다섯. 병사는 모두 휴스턴의 오랜 부하였다.

전쟁 당시부터 휴스턴의 부하인 다섯……. 당연히 배시도 알고 있었다. 그렇다고는 해도 어차피 일개 병졸. 적에게 흥미가 있는 자도 없고, 휴스턴만큼 오크에 대한 지식도 없었다.

『오크 히어로』라고 그래도 그것이 얼마나 중요한 지위인지는 몰랐다.

전장에서 마구 날뛰던 진짜 위험한 오크, 정도의 지식이었다.

출발 전에 휴스턴으로부터 "오크라고는 해도 지위가 있는 인물이다. 경계할 필요는 없다"라는 말은 들었지만, 그들에게 배시가 정체 모를 오크라는 사실에 변함은 없었다.

그들은 언제 기습을 당하더라도 괜찮도록 주위를 경계하는 것과 동시에, 배시에게도 주의를 기울이고 있었다.

오히려 어째서 휴스턴이 이렇게까지 오크를 상대로 마음을 허락하는지가 의문이었다.

"휴스턴 님은 어떻게 되어버렸어……. 평소에는 그렇게나 오크를 미워하는 분인데."

"모르겠군."

"……어쩌면 전쟁 중에 저 오크랑 무슨 일이 있었을지도 모르지."

병사들은 작게 대화를 나누며, 휴스턴의 태도를 자기들 나름대로 받아들이고 있었다.

"무슨 일이라니, 뭔데. 매료라도 당했다고? 오크한테?"

"글쎄. 뭐, 다름 아닌 돼지 살해자 휴스턴 님께서 이렇게나 마음을 허락하고 있으니까, 그만한 무언가겠지."

"하피나 리저드맨 중에도 괜찮은 녀석은 있어. 오크 중에 있다고 해도 이상하진 않나."

"그도 그런가…… . 뭐, 특별하다고 그러니까, 저 오크는."

병사들은 그렇게 멋대로 납득했지만, 납득하지 못하는 자도 있었다.

주디스였다.

"……흥."

주위의 병사들이 차례차례 태도를 느슨히 푸는 가운데, 그녀만이 험악한 눈빛으로 배시를 노려보고 있었다.

"!"

그때 배시가 갑자기 돌아봤다.

주디스는 허둥지둥 시선을 피하려다가, 하지만 딱히 켕기는 일이 있는 것도 아닌데 자기가 먼저 시선을 피하는 것은 지는 것이라고 생각하여 그를 노려봤다.

배시는 우락부락한 얼굴을 일그러뜨리지 않고 주디스를 봤다.

한동안 시선이 뒤얽혔다. 주디스는 눈을 피하는 쪽이 진다는 것처럼 눈에 힘을 실었다. 틀림없이 여기서 약한 태도를 보이면 이 오크는 제멋대로 까불어댈 것이라 생각해서.

"훗."

하지만 그런 마음을 꿰뚫어 본 것처럼 배시는 가벼운 느낌으로 눈을 돌렸다.

"뭣이!"

아무리 주디스라도 알 수 있었다.

바보 취급을 당한 것이었다. 너와는 싸울 가치도 없다고 여겨진 것이었다.

'얕보였어……!'

물론 배시에게 그런 의도는 없었다.

젤의 강의, 네 번째와 다섯 번째인 『뜨거운 눈빛』과 『의미심장한 미소』를 실천한 것이었다.

휴먼 여자는 자신을 봐주는 남자에게 약하다. 조금 더 말하면 미스테리어스한 남자에게도 약하다.

갑작스러운 타이밍에 의미심장한 미소를 띠는 남자에게도, 확 오는 것이다.

휴먼 여자, 약점이 가득했다.

다만 그 약점은 주디스에게는 통용되지 않는 모양이었다.

"배시 경, 왜 그러십니까?"

"아무것도 아니다……. 슬슬 가까워진다고."

그 말에 휴스턴은 굳은 표정을 띠며 한 손을 들었다.

그 신호에 병사들이 일제히 멈췄다. 절그럭, 한 번 소리를 낸 뒤에 움직임이 뚝 사라졌다.

휴스턴의 오랜 부하들은 무거운 갑옷을 입고서도 소리 없이 직립 자세를 유지할 수 있었다. 소리를 낸다면 죽을 전장에서 살아남은 자들이었다.

"그럼 무음 마법을. 주디스."

"……알겠습니다."

휴스턴의 말에 주디스는 떨떠름한 느낌으로 허리춤의 지팡이를 손에 들었다.

중얼중얼 무언가를 영창 하여 병사 하나하나에 『무음의 마법』을 걸었다.

이런 보조 마법을 걸 때에는 상대에게 접촉해야만 한다.

당연하지만 배시에게 접촉할 때, 주디스는 한순간 주저했다. 하지만 상사 앞에서 당당하게 싫어할 수도 없었다. 제대로 성과를 내지는 못하고 있지만, 이것은 첫 임무였다. 감정으로 일을 날릴 수는 없었다.

밉살스럽다는 표정 그대로, 배시의 드러난 어깨에 손을 댔다.

"어으홋."

그 순간, 배시가 이상한 소리를 냈다.

갑작스러운 목소리에 주디스는 움찔, 몸을 떨었다.

"뭐냐?"

"아니, 미안하군. 손이 차가워서 말이야."

배시는 어떻게든 그럴싸하게 그리 대답했다. 물론 처음 닿은 여성의 손이 부드러워서 감동해버렸기 때문이었다. 지금 당장에라도 눈앞의 여자를 끌어안고 싶었다. 그런 충동이 끓어올랐다.

하지만, 참았다.

그렇게 하면 휴먼 여자가 싫어한다는 사실은 젤한테서 굳이 배울 필요도 없이 알고 있었다.

특히 드센 여자는 그랬다.

전시 중, 대대장이 여자를 데리고 다니는 모습을 봤는데, 대대장이 끌어안는 것만으로 반 미쳐서 날뛰었다.

그때는 딱히 교미를 할 생각이 아니었을 테고, 끌어안은 것도 반

쯤 장난. 주위의 오크들도 그것을 보고 웃었지만, 그렇게 미쳐 날뛰는 모습을 보기에 휴먼의 입장에서는 그렇지도 않았을 것이다.

혹시 지금 이런 세상에서 그렇게 한다면 억지로 교미를 강요하는 것처럼 보일 터였다.

그래서 배시는 몸에 힘을 꾹 실어서 거칠어지는 콧김을 억눌렀다.

강의 6 콧김이 거친 남자는 인기가 없다.

오크는 싸움이나 여자를 앞에 두면 흥분해서 콧김이 거칠어지는데, 휴먼 여자한테 그것은 금물이었다. 야만스럽게 보인다.

그렇게 참는 사이, 배시의 몸이 어스름하게 빛났다. 마법이 걸린 신호였다.

"좋아, 우선은 정찰을 보내죠."

휴스틴이 그리 제안한 참에, 젤이 휘잉 소리를 내며 나섰다.

"정찰이라면 나한테 맡겨요! 버퍼 산 분화구라도 뛰어들 테니까요!"

젤은 그리 말하더니 대답을 기다리지 않고 휘잉, 소리를 내며 숲 안쪽으로 날아갔다. "해가 머리 위로 뜨기 전에는 돌아올게요—"라는 목소리를 남기며.

"……뭐, 젤 경에게 맡겨두면 일단 문제는 없겠죠."

휴스틴은 젤에 대해서도 알고 있었다.

저 페어리는 제아무리 찾기 힘든 곳에 숨겨진 적진도 순식간에 찾아낸다. 그리고 적진 깊숙이 잠입하고 배시를 유도해서 부대를 파괴한다. 정찰의 전문가이자 잠입의 전문가. 휴스틴은 그리 인식하고 있었다.

"뭐…… 그렇군……."

"우선은 젤 경이 돌아올 때까지 여기서 대기하죠."

"그래."

배시는 고개를 끄덕이면서도 어쩐지 조금 씁쓸한 표정을 띠고 있었다.

그는 알고 있었다. 젤은 반드시라고 해도 될 정도로 적을 발견한다. 하지만 동시에 반 정도의 확률로 적에게 발각당하여 붙잡힌다는 것을…….

──그리고 아니나 다를까, 젤은 돌아오지 않았다.

6. 가짜 미끼 젤

작고 빠른 페어리는 정찰 요원으로 최적.

그리 여겨지지만 사실 그럴 정도도 아니었다. 그들은 어렴풋하게 빛이 나는 성질이 있는 것이었다. 야간이나 어두운 숲 같은 곳에서는 그것이 무척 눈에 띄었다. 눈에 띄는 것뿐이라면 그나마 낫다. 페어리는 고속으로 비행할 수 있고 작다. 눈에 띄는 정도라면 큰 단점이 되지는 않는다.

무엇보다 문제인 것은, 페어리 본인이 자신의 성질을 잊어버린다는 점에 있었다.

머리만 감춘다고 엉덩이가 가려지지는 않는다.

페어리는 자신이 빛난다는 사실을 깨닫지 못하고 어둠 속에 숨어서는 간단히 들켜서 붙잡힌다.

다행히도 페어리는 우선 살해당하는 일이 없다. 페어리는 약이 되니까 그런 것도 있겠지만, 페어리를 죽이면 지옥에 떨어진다느니 재앙이 닥친다느니 그런 미신을 가진 자도 많았다.

어쨌든 배시는 젤의 정찰에는 그다지 기대하지 않았다.

무사히 돌아온다면 문제없다. 아무리 젤이라도 상대가 벅베어뿐이라면 붙잡힐 일은 없을 테고, 사람이라면 살해당하지는 않는다. 잡혀 있다면 전쟁 중에 그랬던 것처럼 배시가 젤의 냄새를 따라가면 그만이었다.

그리고 아니나 다를까, 돌아오지 않았다.

"아무래도 붙잡힌 모양이로군."

배시 일행은 젤의 냄새를 좇아서 어느 장소까지 이동했다.

눈앞에 보이는 것은 동굴이었다. 입구는 담쟁이 따위로 교묘하게 가려져 있었다. 저곳에 동굴이 있다는 말이 없었다면, 휴스턴 일행은 알아차리지 못했을 것이다.

"인간의 소행이군. 벅베어를 조종하는 자가 있는 모양이다."

"비스트 테이머, 말입니까?"

데몬의 비술 중에는 마수나 마물을 조종하는 것이 있다. 당초에는 일곱 종족 연합만이 사용하던 비술이었지만 긴 전쟁에서 해석되어 이윽고 어느 나라든 사용하게 되었다.

휴먼 현자가 거대한 드래곤을 조종하던 것은 무척 유명한 이야기다.

전쟁이 끝나서 각국의 군대가 축소되고 군인이었던 자들 다수는 직업을 잃었다.

일찍이 비스트 테이머였던 자가 도적으로 신분이 바뀌었어도 이상하지 않았다.

"그렇다면 당장 돌입하죠! 페어리를 구해내고 그 비스트 테이머와 함께 벅베어를 몰살하는 겁니다. 그렇죠, 휴스턴 님!"

주디스는 그리 주장했다. 잡혀 있다면 구해낸다. 당연한 의견이었다.

"아니…… 밤까지 기다리는 편이 낫겠지."

하지만 휴스턴은 그 의견을 제지하고 나섰다.

"내부 구조도 모르고 적의 숫자도 알 수 없어서는 전멸할 수도 있다. 적어도 야습을 가해야겠지."

"무슨⋯⋯."

장소는 동굴. 적의 본거지일지도 모르는 장소다. 본래라면 한 번 마을로 돌아가서 증원군을 부르는 것이 정설이었다. 마을에 있는 병사를 이삼십 명 정도 데려와서 동굴을 포위하고, 돌입하지는 않고 연기 따위를 피워서 끌어낸다.

평소의 휴스턴이라면 먼저 틀림없이 그리했을 것이다.

하지만 지금은 아군이 붙잡힌 상황이었다.

범인이 포로를 상대로 어떤 취급을 할지는 알 수 없었다.

이렇게까지 신중하게 일을 진행했으니까, 자신들의 존재가 알려진 시점에서 일단 죽이겠다고 생각할 것이다.

하지만 당장 죽이지는 않을 터.

젤은 요정이고, 단독이었다. 입을 잘못 놀리지 않는 한, 동료가 있다는 사실을 금세 알 수는 없을 것이다.

젤도 전쟁에서 살아남은 역전의 전사. 중요한 정보를 흘리지는 않으리라.

그렇다면, 잡혔다면 병에 담겨서 약상자로 이용하는 것이 타당했다.

물론 휴스턴이라면 그러지 않는다. 페어리가 잘못 들어왔다는 사실을 무언가의 전조로 생각한다. 그 자리에서 젤을 죽이고 이 동굴에서 철수할 것이다.

녀석들은 현재 잘 풀리고 있었다. 잘 풀리고 있을 때에 사소한 실수를 중요시하여 그 자리에서 모두 던져버리고 도망친다는 판

단을 내리는 것은, 무척 어렵다. 그리 생각하면 페어리는 무사하
리라.

다만 낙관할 수만은 없었다.

혹시 젤이 예의 수다스러운 입을 잘못 놀린다면…….

내 동료가 바로 구해줄 거예요! 클라셀의 경비에요! 당신들 따
윈 곧바로 체포되어서 단두대행이에요!

그런 소리를 떠벌린다면 이야기는 또 달랐다.

그들은 그 발언에 처음에는 코웃음 칠 것이다. 어차피 페어리
의 헛소리라든지 잘도 떠들어대는 약상자라든지, 그런 식으로 비
웃으리라.

하지만 그것은 내일 새벽까지다.

사람은 하룻밤을 자고 나면 신기하게도 머릿속이 정리되고 정
답을 이끌어낸다. 다음 날 아침이 되면 젤은 목숨을 잃고 녀석들
은 홀연히 사라진다. 이제까지 클라셀 사람들이 알아차리지 못하
도록 신중하게 습격을 진행한 자들이다. 그렇게 될 것이다.

솔직히 말하면 휴스턴은 그래도 상관없었다. 가도의 사건이 사
라진다면 클라셀의 평화는 지킬 수 있다.

하지만 지금은 부하들 앞이었다.

젤은 부하가 아니지만 부하들 앞에서 당당하게 아군을 버린다
는 판단을 내리는 것은, 앞으로의 일들을 생각하면 그다지 좋지
않았다.

배시 앞이기도 했다. 이 위대한 오크의 옛 친구를 죽게 내버려
둘 용기는, 휴스턴에게는 존재하지 않았다.

그래서 지금 있는 전력으로 구출 작전을 시행하기로 했다.

지금 있는 부하를 헛되이 소모하는 것은 가장 좋지 않으니까, 작전의 성공 확률을 높이기 위해서 야습을 진행한다.

혹시 젤이 입을 놀렸다면 녀석들은 긴장하고 있을 터.

당장 적이 습격할지도 모른다며 대비하고 있을 것이다. 하지만 긴장은 오래 이어지지는 않는다. 얼마간 기다리게 만들어서 상대의 방심을 유도하고 잠든 참에 덮친다. 젤이 아직 살아있다면 그것으로 생존 확률도 올라갈 것이다.

"배시 경, 그렇게 하면 되겠습니까?"

휴스턴은 일단 배시에게도 의견을 청해두기로 했다.

그러면 혼자 돌파하고 혼자 내부의 적을 전멸시키는 것도 가능하리라.

경우에 따라서는 휴스턴 일행이 돌입할 필요조차 없다.

그렇다면 냉큼 돌입하면 그만이지 않느냐고 생각하겠지만, 휴스턴은 신중한 남자였다.

불확정 요소에 의지하는 것은 꺼려졌다.

물론 배시가 휴스턴의 제안에 반대하여 돌입한다면 그에 따를 생각이었다.

"……상관없다."

하지만 배시는 잠깐의 침묵 후, 그리 대답했다.

그 대답에 주디스가 불만스럽게 말했다.

"큭…… 너까지 기다린다는 거냐? 네 동료가 붙잡혀 있다고! 오크는 불리한 상황에서도 용감하게 싸우는 전사가 아니었나?!"

"오크는 어떤 상황에서도 명령에 따라 용감하게 싸운다. 지휘관이 그리하겠다고 결정한 일이라면 나는 따를 뿐이다."

오크가 짧은 생각으로 돌격만을 거듭하던 것은 전쟁 초기뿐이었다.

그들은 복병이나 기습, 부대 분단으로 각개격파, 지휘관 저격으로 시작하여 식량 창고 화공이나 수공까지 진행했다.

모두 지휘관의 지시에 따른 행동이었다.

얄궂게도 그것을 백 년에 걸쳐서 오크에게 가르친 것은 휴먼이었다.

그러지 않았다면 소대장이나 중대장, 대대장 같은 계급은 탄생할 수 없었다.

게다가 오크에게도 『다른 씨족의 마을에 머무를 때에는 씨족장의 말에 따르라』라는 규율이 있었다.

다시 말해서 배시는 배시 나름대로, 휴스턴을 지휘관이라고 생각하여 행동하는 것이었다.

"그리고 젤이라면 괜찮다."

"그러니까 무엇을 근거로 그러는 거냐……. 에잇, 이야기가 안 통하는군! 휴스턴 님. 명령을 내려주십시오. 주디스 이하 다섯 명, 동굴 안으로 돌입하여 안에 있는 자들을 몰살시키겠습니다."

배시와 주디스, 두 사람의 시선을 받고 휴스턴은 턱에 손을 댔다.

"흠…… 주디스의 말대로 젤 경의 목숨은 걱정입니다. 페어리는 살해당하지 않는다고 자주 그러지만, 절대적인 이야기는 아닙니다. 무언가 근거는 있습니까?"

"이곳에서 죽을 정도라면, 젤은 전쟁 중에 죽었을 테지."

그 짧은 말의 의미를 휴스턴은 음미했다. 페어리도 죽을 때는 죽는다.

하지만 젤은 전쟁 중에 엄청나게 많이 붙잡히고, 그리고 살아남은 페어리다.

솔직히 운이 좋은 것만으로 여겨지기도 했다.

하지만…… 휴스턴은 그리 생각하지는 않았다.

젤이 붙잡힌 횟수는 휴스턴이 아는 것만으로도 상당한 수에 이르렀다.

모르는 것까지 생각하면 상당한 숫자이리라. 어지간한 페어리라면 백 번 이상은 죽었을 정도. 그러고도 살아남은 것이었다. 그저 운이 좋을 뿐만은 아니었다.

"과연…… 그랬군요. 『가짜 미끼 젤』. 그 솜씨, 직접 볼 수는 없겠지만 기대할까요."

젤의 이름은 그럭저럭 유명했다.

별명이 붙은 것은 그만큼 전쟁에서 활약했기 때문이라고도 할 수 있었다. 내실이야 어쨌든.

"좋아, 전원 대기다. 무음 마법의 효과 범위 안에서 동굴을 감시하고, 녀석들이 잠들었을 무렵에 습격한다."

지금은 기다린다. 휴스턴은 그리 결정했다.

주디스는 아직도 납득하지 못했다.

"무슨 말씀이십니까! 기다려주십시오, 휴스턴 님!"

"뭐냐?"

"아군이 붙잡혀 있을지도 모른다고요?!"

"그래. 그러니까 만전을 기하고 싶으나 마을로 돌아갈 시간은 없지. 그래서 지금 인원으로 야습을 가한다."

"지금 당장 돌입해야 합니다."

"안 돼. 너무 위험해. 대기다."

휴스턴이 강한 말투로 말하자 주디스는 꾹 참고 물러났다.

하지만 아직도 불만스러운 표정이었다.

자신이 아니라 배시의 말에 무게를 두고 있다는 것, 이대로는 자신의 공적이 아니라 휴스턴의 공적이 되어버린다는 것. 그런 부분에서 불만이 있으리라고, 휴스턴은 생각했다.

'처음 맡은 임무니까 어쩔 수 없지.'

그렇게 생각은 하지만 지금 지휘권은 자신에게 있었다.

자신이 동행하겠다고 선언한 시점에서 이미 주디스만의 임무가 아닌 것이었다.

어중간한 시점에서 지휘권을 빼앗는 모양새가 되어버렸지만, 자신이 지휘를 맡은 이상에는 부하를 전원 살려서 돌려보내고 사건도 해결한다.

휴스턴은 그런 생각이었다.

"좋아, 그럼 한 사람이 감시하며 나머지는 수면을 취한다……. 배시 경, 그러면 되겠습니까."

"지휘관의 명령에는 따르겠다."

배시는 그러더니 가장 가까운 나무에 등을 기대고 눈을 감았다.

"좋아, 그럼 제트. 내가 감시다. 무슨 일이 있다면 바로 깨워라."

하나를 감시로 세웠다.

녀석들이 잠이 들 시간까지 앞으로 다섯 시간 정도일까.

그러면 감시를 재우고, 다른 하나를 입구에 남겨서 감시를 시킨다. 이 두 사람이 후위다. 남은 인원으로 돌입.

둘을 남기는 것은 심야가 되어 적의 증원군이 왔을 때나, 만에 하나 휴스턴 일행이 전멸했을 때에 마을로 돌아가서 부단장에게 자초지종을 전달할 사람이 필요하기 때문이었다.

본래라면 그 역할은 휴스턴 본인이 맡는 것이 정석이었다.

현장 지휘관은 주디스가 있다. 최고 책임자인 휴스턴은 안전을 선택해야 한다……만, 배시 앞에서 자신이 돌입반에 참가하지 않고 안전한 장소에 있겠다는 선택은 할 수 없었다.

"……."

하지만 휴스턴은 잊고 있었다.

병사들은 몰라도 주디스는 아직 기사가 된 지 일 년인 신입이라는 사실을.

평화로운 시대에 기사가 되어 평화로운 시대의 기사로서만 일한 자라는 사실을.

그리고 깨닫지 못했다.

부하들이 그런 신입 기사를 제대로 도와주려고 생각했다는 사실을.

오크의 말에 무게를 두고 신중에 신중을 기하는 휴스턴에게 불만을 가졌다는 사실을…….

한편 그 무렵, 젤은 필사적으로 목숨을 구걸하고 있었다.

"정말로 그저 지나가던 것뿐이라고요! 페어리 홀로 옷 하나만 걸치고 여행하고 있었더니, 어쩐지 좋아 보이는 동굴이 있구나―, 이 동굴에 잠깐 들리면 나의 대모험담의 한 구절에 더해줄까 해서요. 설마 당신들의 거처였다고는 전혀 몰랐고, 방해해버린 건 진심으로 사과할게요. 그러니까 정말로, 죽이는 것만은…… 아, 뭣하면 나도 동료로 넣어줘요. 그게, 나는 페어리니까 가루 같은 것도 나와요. 가루 같은 것도! 다들 좋아하죠? 페어리 가루!"

동굴 안으로 들어와서 당연하다는 듯이 붙잡힌 젤은, 무시무시한 도적들에게 둘러싸여서도 그런 소리를 계속하고 있었다.

도적들은 곤혹스러운 표정이었다.

동굴 안에 꺼림칙한 발광체가 있다고 생각해서 잡아봤더니, 이러쿵저러쿵 한 시간이나 계속 목숨을 구걸하니까.

포박된 상태에서 애벌레처럼 기어 다니고 발등에 키스까지 하는 그 모습에, 목숨 구걸에 익숙한 도적들도 불쌍하다고 느낄 수밖에 없었다.

일반적으로 알려지지는 않았지만 젤이라는 이 페어리, 배시와 만나기 전에는 『목숨 구걸 젤』로서 이름을 알렸다.

붙잡힌 페어리를 먹어버리는 것으로 유명한 『요정 먹는 고든』한테서도 사지 멀쩡하게 살아남은 맹자였다.

그가 목숨을 구걸하는 모습을 본 이들 모두에게 불쌍하다는 심정을 끌어낸다.

젤이 전쟁에서 살아남을 수 있었던 기술 중 하나였다.

"뭐, 굳이 페어리를 죽일 건 없겠지."

"가루도 있고."

"죽여 버리면 저주받을지도 모르고."

도적들은 그런 소리를 하며 얼굴을 마주 봤다.

털이 덥수룩한 남자들은 다들 휴먼이었다.

휴먼에게는 옛날 옛적부터 페어리를 죽이면 후대까지 계속 저주를 받는다는 전설이 있었다.

만병통치약인 가루가 나오는 것도 생각하면 죽일 이유는 전무했다.

"그러니까, 자, 이런 줄은 풀고 다 같이 내 가루를 맞자고요? 행복의 가루로 다들 해피한 기분이 될 수 있어요!"

"바보냐. 풀 리가 없잖아."

하지만 젤의 포박을 풀지는 않았다.

페어리는 찰나적인 생물이다. 포박을 푼 순간, 도망친다는 것은 알고 있었다.

우리나 병에 넣어서 기른다. 그것이 페어리의 일반적인 취급 방법이었다.

"아니, 정말로, 정말로 밧줄에 묶이지 않아야 나온다고요! 진짜로 엄청 나온다고요! 나, 이래 봬도 고향에서는 『가루쟁이』라는 이명을 휘둘렀던 과거가 있어서요."

젤도 그 사실은 알고 있었다.

그렇기에 필요 이상으로 구속되지 않도록 필사적으로 애원하려고 했다. 뭐, 어지간해서는 무리였지만.

"이봐, 무슨 일이냐."

그런 도적들 안쪽에서 한층 두꺼운 목소리가 울렸다.

도적들이 일제히 돌아봤다.

"두목!"

도적들의 기뻐하는 목소리.

도적 몇몇이 길을 비키자 두목이라고 불린 남자의 모습이 젤의 시야에 들어왔다.

도적의 두목이라 불린 남자. 어떤 우락부락한 남자일까 싶었더니, 확실히 우락부락한 남자였다.

두꺼운 팔, 커다란 입, 날카로운 눈.

조악한 가죽옷을 입고, 멋이라고는 전혀 없는 해골 목걸이를 차고 있었다.

그리고 무엇보다 특징적이었던 것은, 그의 피부 색깔이었다.

녹색. 조금 더 말하자면, 입에서는 어엿한 송곳니 두 개가 확실하게 나 있었다.

두목은 오크였다.

"아……아─!"

젤은 그 오크를 봤을 때, 기억의 한구석에서 살짝이지만 본 적이 있다고 인식했다.

살짝. 그래서 이름은 떠오르지 않았다. 하지만 기억이 있다는 것은 전쟁에서 만난 적이 있다는 의미였다.

"대장! 대장이잖아요! 오랜만이에요! 나예요! 젤이에요! 페어리 젤!"

여담이기는 하지만 젤은 사람의 이름을 기억하는 것도, 얼굴을 기억하는 것도 서툴렀다.

오크 중에 완전히 식별할 수 있는 것은 배시뿐이고, 그 이외에는 애매하게 기억하고 있었다. 물론 눈앞에 있는 오크의 이름 따윈 기억 못 한다. 참고로 호칭은 대부분이 "대장"이나 "형씨"였다.

"뭐냐? 배시 옆에 따라다니던 녀석이잖아. 이런 곳에서 뭘 하는 거냐?"

그리고 젤 쪽은 어쩌냐면 유명했다.

특히 오크 사이에서는, 영웅인 배시와 함께 전장을 활보하던 페어리라며 모르는 자가 없을 만큼.

"아니, 그게 말이죠, 내 이야기 좀 들어줘요, 대장! 난 전쟁이 끝난 뒤에, 세계를 좀 돌아보려고 여행을 하고 있었거든요. 그러다가, 오, 꽤 좋은 동굴이 있네. 이 녀석은 보물의 냄새가 난다고, 그러면서 들어왔더니 냄새의 근원은 목욕도 안 하는 도적이었다는 결말이에요! 대장, 살려줘요."

도롱이벌레 상태로 폴짝폴짝 뛰며 매달리는 젤.

무참한 모습이기는 하지만, 두목이라고 불린 오크의 입장에서는 전우이기도 했다.

이 도롱이벌레한테, 그리고 영웅인 배시한테 몇 번이나 도움을 받았는지 모른다.

"그래그래, 알았다고……. 풀어줘라, 아는 사이다."

"괜찮습니까? 페어리라면 수다쟁이로 유명하다고요? 우리 존재가 알려져 버린다면……."

주저하는 도적들을 보고 오크는 추악한 그 얼굴을 일그러뜨렸다.

그 얼굴을 젤에게 가져다 대더니 날이 선 목소리로 속삭였다.

"이봐, 이곳에 우리가 있었다는 건 비밀이야. 누구한테도 말하지 말고, 알겠나?"

"물론이에요! 내가 이제까지 비밀을 누설한 적이 있었나요?! 이 무거운 입이 찢어진 적이 있었나요?! 아니, 없죠! 있다면 그 배시는 전쟁에서 죽고, 오크의 나라에 동상이 세워졌을 터!"

실제로 젤은 비밀을 흘린 적은 없었다.

비밀이 아닌 일은 자주 흘리지만, 무엇이 비밀이고 무엇이 아닌지는 젤의 독자 기준에 의거하는 것이었다.

그래서 비밀을 흘린 적은 없는 것이었다.

"그래, 풀어줘라."

"……예잇."

도적들은 두목의 말에, 조금 생각하는 바는 있는 모양이었지만, 젤을 풀어줬다.

젤은 줄이 풀린 순간에 공중으로 날아올라, 밖을 향해 일직선……으로 날아가지 않고 두목 앞으로 살랑살랑 날아왔다.

"이것 참—, 덕분에 살았어요. 역시 대장! 거기가 크면 그릇도 크네요! 하지만 대장, 어째서 이런 곳에서 휴먼을 데리고서 두목 같은 걸 하고 있나요?"

그의 임무는 정보 수집.

아무리 자유분방한 페어리라고 해도 자신의 역할을 잊지는 않은 것이었다.

"허, 듣자 하니 네메시스 녀석이 휴먼과 화평 같은 소리를 하니까 말이야, 오크한테서 싸움을 빼앗으면 뭐가 남는데! 그런 걸 납득할 수 있겠나! 그러면서 튀어나왔더니, 우연히도 이 녀석들을 만나서 의기투합했다는 거지."

오크가 주위를 보자 도적들이 헷, 웃었다.

"나는 휴먼 따윈, 이 녀석들은 오크 따윈. 그렇게 생각했는데 다른 종족이라도 비슷한 생각을 가진 녀석이 있더라고."

"헤—! 그럼 여기에 있는 건 싸움을 바라는 전투 집단이군요! 눈에 띄는 녀석은 모조리 죽이나요?! 디스트로이어 군단인가요?!"

"그렇지! ……그렇게 말하고 싶은 참이지만, 그렇게 잘되지 않네. 지금은 오크한테도 휴먼한테도 안 들키도록 찬찬히 힘을 모으고 있지. 그렇게 충분한 전력이 갖추어지면 우리의 본격적인 활동이 시작되는 것이다!"

"오오~! 역시 대장이에요—!"

젤은 과장되게 놀라는 시늉을 하면서도 마음속으로는 "들을 것도 들었으니까 슬슬 돌아갈까요"라고 생각하며 살랑살랑 주위를 떠돌았다.

그때 어둠 속에 몇 마리, 번들번들 눈을 빛내는 생물이 있다는 것을 알아차렸다.

"잠깐! 뭐뭐뭐, 뭔가 있어요!"

"뭔가, 가 아니지. 잊었나? 나는 비스트 테이머라고?"

그 말에 젤은 데몬의 비술에 대해서 떠올렸다.

마법과는 조금 다른 신기한 술법. 메이지가 아니라도 쓸 수 있는 암흑의 힘. 의식을 혼탁하게 만들거나 다른 사람을 자유로이 조종하는 술법. 그렇다, 예를 들면…… 지능이 낮은 마물을 조종한다든지.

"벅베어를 조종하는 건가요!"

이때 젤의 작은 머릿속 서랍에서 눈앞에 있는 오크의 정체가 굴러 나왔다.

이 오크의 이름은 보그즈. 그가 조종하는 하얀 벅베어는 휴먼 수천을 피투성이로 만들었다.

물론 그는 벅베어를 조종하는 것만이 아니었다. 오크는 대체로 전사로서의 소질을 겸비하고 있다 보니, 그 스스로도 강철 메이스를 휘둘러 수백의 적을 고깃덩어리로 만들었다.

사십 년 이상이나 전장에 계속 머무른 역전의 전사 중 하나였다.

"뭐, 내가 기르는 벅베어도 꽤나 줄어버렸지만 말이야……."

보그즈는 그러더니 동굴 구석에서 어슬렁대는 벅베어에게 불쌍하다는 시선을 보냈다.

전쟁 중, 보그즈의 수중에는 백을 넘는 벅베어가 있었다.

오크 가운데 가장 많은 벅베어를 조종할 수 있는 남자였다.

하지만 전쟁 말기에는, 그의 벅베어는 궤멸적인 타격을 당하여 숫자가 한 자릿수까지 줄어들고 말았다.

현재 이 동굴에는 벅베어 십여 마리의 모습이 보였다.

역전의 전사임을 알 수 있는 우락부락한 개체……는 몇 마리뿐이었다.

그밖에는 길들이고 그다지 세월이 지나지 않았을 것이다. 역전의 개체와 비교해서 가냘픈 체구임을 알 수 있었다. 보그즈의 벅베어라면 오거를 능가하는 완력과 리저드맨에 버금가는 민첩함을 겸비한, 오크에게는 비장의 수단이라고도 할 수 있는 존재였는데.

"뭐, 그것도 지금뿐이야⋯⋯. 순조롭게 숫자도 늘어나고 있지. 그러면 언젠가 이 녀석들한테도 길들이는 방법을 가르쳐서, 최강의 군단을 만들어내겠어."

보아하니 벅베어들의 무리 가운데에 아직 작은, 젤 정도 크기밖에 안 되는 개체도 있었다.

벅베어의 유체(幼体)였다. 벅베어는 약 반년이면 유체에서 성체로 성장한다.

유체는 거의 볼 수가 없는 존재였다.

"그날에는 이 몸이 오크 킹으로서 세계를 상대로 크게 날뛰어주겠어."

큰 야망을 이야기하는 보그즈에게 휴먼 도적들은 박수를 보냈다. 좋아서 대장, 그런 목소리도 들렸다.

다만 젤의 견해로는, 도적들에게 그 정도의 의욕은 없어 보였다.

그들은 적당히 즐겁게 하루하루를 보낼 수 있다면 좋다고 생각하는 모양이었다.

"그르르르⋯⋯."

그때 벅베어가 으르렁거렸다.

그것을 듣고 보그즈 이하 몇 명의 도적들이 무기를 손에 들었다.

"뭔가요?!"

"침입자다! 다들 간다!"

보그즈가 그리 외치더니 강철 메이스를 손에 들고 어딘가로 달려갔다.

벅베어와 도적들도 그를 뒤따랐다. 전쟁을 체험한 자들인 만큼 그 행동은 재빨랐다.

잠시 후, 동굴 안의 불빛이 휙 꺼졌다.

젤의 어렴풋한 빛만이 공간을 비추고 있었다.

완전히 내팽개쳐졌는데, 도망칠 기회였다.

그렇지만 젤도 침입자라는 말이 신경 쓰였다.

배시가 돌입을 감행한 것치고는 아무래도 상태가 이상했다.

"젠장! 어디서 왔나!"

"이봐, 여자가 있다고 여자가! 햣하―!"

"누가 불빛을…… 갸아아아아아!"

"누가 당했다! 이봐!"

"모르겠습니다, 이렇게나 어두워서는! 그악!"

"그러니까 불빛을!"

잠시 후에 들리는 전투의 소리. 칼싸움 소리가 들리지는 않고 그저 둔탁한 소리와 외침만이 울렸다.

누군가가 싸우고 있다. 하지만 그곳에 배시는 없다. 배시가 있다면 더욱 화려한 파괴음이 들릴 터였다.

그 사실을 어찌어찌 헤아린 젤은 일단 그 자리에 남기로 했다.

전쟁 중에도 이런 일은 있었다.

그 경우, 곧바로 탈출하는 것보다 자신이 남는 편이 제대로 된 흐름이 되는 경우가 많았다.

"좋아."

젤은 휘잉 날아갔다.

무엇이 어찌 되었든 정찰은 중요했다. 밤눈은 밝지 않지만 무언가 정보를 얻을 수는 있을 것이다.

그리 생각해서 행동했는데, 이미 싸움은 끝나고 현장에는 불빛이 켜져 있었다.

횃불의 어스름한 불빛 아래, 비치는 것은 상처투성이인 병사들이었다. 한가운데에는 머리에서 피를 흘리면서도 양손이 묶여서 넘어져 있는 주디스의 모습이 있었다.

"⋯⋯이건 뭔가요."

"어, 젤이냐⋯⋯. 보다시피. 이 지역의 기사가 우리를 토벌하러 온 느낌이로군."

"어, 헤ㅡ."

주디스가 젤을 봤다.

젤은 "위험하다"라며 몸을 숨기려고 했다. 그녀의 입에서 자신이 정찰 담당이라는 사실이 발각될 가능성을 고려한 것이었다.

하지만 주디스는 놀란 표정을 한순간 띠었지만 금세 증오스러워하는 시선을 젤에게 보냈다.

표정 변화의 의미는 젤로서는 영 알 수가 없었다.

하지만 그녀는 배시가 눈독을 들인 암컷이었다. 어쨌든 죽게 둘 수는 없었다.

"이건 좋은데. 페어리에 이어서 이런 상등품이 굴러들어왔어, 재수 좋은데."

"게헤헤, 두목, 여자는 네가 받아도 될까요?"

"멍청이, 당연히 다 같이 써야지, 형제."

"독점하면 안 된다고."

"좋―아, 여자는 감옥에 넣어둬라, 남자는 죽여서 밖에 버려두든지 해."

주디스의 얼굴에서 핏기가 삭 가셨다.

"큭…… 주, 죽여, 죽어라…….."

말로는 그러지만 명백하게 공포가 표정을 지배하고 있었다. 눈동자가 흔들리고 턱 쪽에서 따닥따닥 소리가 들렸다. 목구멍 안쪽에서는 히익, 히익하는 소리가 새어 나오고 당장에라도 울부짖을 것만 같았다.

'이런, 이건 잘됐네요.'

젤은 절호의 기회라고 생각했다.

절체절명의 여기사. 이 상황에서 구해낼 수 있다면 배시의 주가는 폭상이다. 이미 여기사의 하트를 맞추었다고 해도 과언이 아닐 것이다.

"자자잠깐, 지금 죽이면 안 돼요. 모처럼 이제까지 발각되지 않았는데! 시체가 발견되면 기사 녀석들이 우르르 몰려든다고요!"

이 녀석 뭐냐, 그런 말이 들릴 것 같은 시선이 젤을 훑었다.

하지만 젤은 그 정도로는 겁먹지 않았다. 왜냐면 페어리는 분

위기를 못 읽으니까.

"그렇지! 이 녀석들, 내일 아침에 밖에서 처형하죠! 그리고 벅베어가 해치운 것처럼 꾸미는 거예요! 숲에 살짝 트인 장소에서, 피가 촤악하는 느낌으로! 벅베어의 시체도 몇 개 준비해서, 열심히 싸웠지만 졌다는 느낌으로 해요! 휴먼이라고 해봐야 바보니까 틀림없이 속을 거예요! 이런 괜찮은 장사, 여기서 끝내도 되겠어요? 아니, 될 리가 없죠! 실력이 있는 데다가 머리도 잘 돌아가는 당신들이 그걸 모를 리가 없죠! 게다가 여긴 어둡잖아요. 역시 밝은 장소에서 이 녀석들의『이럴 리가 없는데~』라는 표정을 보면서 죽이고 싶잖아요. 그런 표정을 보면서 죽이면 틀림없이 기분 좋다고요?!"

빗발치듯 퍼붓는 젤의 말에 도적들은 "그것도 그럴지도?"라는 기분으로 바뀌었다.

뭐, 죽이는 건 언제든지 가능하잖아?

우리한테 걸리면 이런 건 여유롭잖아?

젤의 말에는 그리 생각하게 만들 만큼의 마력이 담겨 있었다. 어느 지역에서 붙은 젤의 이명, 그것은『잘 부추기는 젤』이었다. 이 페어리가 부추기면 그런 기분이 들지 않는 녀석은 없는 것이었다.

"그도 그렇군. 좋아. 얘들아, 전원 감옥에 집어넣어라……. 헤헤, 여기사. 부하 앞에서 천국으로 데려가 주지."

마지막으로 보그즈가 그리 결정했다.

여기사의 머리카락을 붙잡고 질질 끌면서 동굴 안쪽으로 데려갔다.

주디스는 절망과 동시에, 배신자를 보는 것 같은 눈빛을 젤에게 향했다.

'당신, 준비는 되었어요. 이러고도 안 되면 뭘 하든 안 될 정도의 시추에이션이에요. 이제는 타이밍 좋게 나타나서 구하는 것뿐이니까요!'

다만 젤은 그런 눈은 안 보고 있었지만.

배시가 깼을 때, 그곳에는 머리를 부여잡은 휴스턴의 모습이 있었다.

"진짜냐고…… 어——…… 거짓말이겠지……."

그리고 주디스나 다른 몇 명의 모습은 없었다.

"……다른 녀석들은 어디 있지?"

배시가 묻자 휴스턴은 겸연쩍은 듯 돌아봤다.

"부끄러운 이야기지만, 아무래도 저희에게 수면의 마법을 걸고 먼저 돌입한 모양입니다……."

수면의 마법.

상대를 한 시간 남짓 깊이 잠들게 만드는 마법이었다.

"돌입 명령은 내렸나?"

"아뇨, 안 내렸습니다. 명령 위반입니다."

"…………휴먼은 명령을 거스르는 건가?"

"마음에 안 드는 명령이라면."

배시에게는 컬처 쇼크였다.

오크 사회에서 명령을 거스르는 녀석은 그 자리에서 죽든지 나라에서 추방당한다.

그만큼 오크에게 명령이라는 것은 신성하고 절대적인 것이었다.

"휴먼은 그럴 때, 어떻게 하지?"

"기본은 설교와 감봉…… 경우에 따라서는 근신이나 기사 신분 박탈이겠죠."

"그렇게 중죄는 아니로군."

"지금은 평화로운 시대니까요……. 게다가 휴먼은 지휘관 중에 무능한 녀석이 많아서. 무능한 녀석을 따르다가 죽는 것도 바보 같은 이야기라는 논조도 강하고……. 이것 참, 부끄럽기 그지없 습니다……. 저도 남 일처럼 이야기할 건 아닙니다만……."

"흥."

휴스턴이 무능한지는, 배시로서는 아무래도 상관없었다.

휴먼에게 명령 위반이 그다지 중죄가 아니라는 사실도 조금 놀랐지만 아무래도 상관없었다.

지금 중요한 것은 조금 전부터 동굴 안에서 감도는, 피 냄새였다.

돌입한 주디스가, 자신이 현재 아내로 삼고자 노리는 극상의 암컷이 위험에 처했을지도 모르는 것이었다.

"그래서, 어떻게 하지?"

"저희에게 수면의 마법을 걸고는 그것이 풀리고서도 돌아오지 않는다는 건, 이미 전멸했을 가능성도 있습니다. 일단 마을로 돌아가서 토벌대를 조직하는 게 정석……."

"그런 태평한 소리를 할 때인가?"

배시는 휴스턴을 노려봤다.

눈여겨보던 암컷이 위기일지도 모르는데 여기서 물러날 수는 없었다.

"지금 지휘관은 너다. 나는 명령에 따르겠다."

오크는 지휘관의 말에 따른다.

하지만 지휘관에게 의견을 이야기할 수는 있었다. 그다지 칭찬받을 행위는 아니라고 여겨지지만, 그래도 배시는 말했다.

"하지만 오크는 겁쟁이가 아니다. 어떤 명령이라도 따르고, 용감하게 싸우겠다."

휴스턴은 다시금 배시를 봤다.

녹색 피부, 송곳니 둘, 탄탄한 근육. 아무런 특색도 없이 작은 오크. 하지만 결코 잘못 볼 수도, 보고서 잊을 수도 없는 남자. 전쟁 중, 휴스턴이 계속 도망쳤던 남자.

평소의 휴스턴이라면 주디스 따위 순식간에 버렸을 것이다.

자업자득이라고. 명령을 위반한 대가라고. 그런 바보를 위해서 위험을 무릅쓸 수는 없다고.

주위에서 겁쟁이라고 불러도 전혀 개의치 않고 흘려들었을 것이다.

하지만 눈앞에 있는 것은 배시였다. 휴스턴이 누구보다도 두려워하고 누구보다도 인정한 남자.

휴스턴은 전쟁 중에 자신의 행동에 긍지를 품고 있었다. 그에게서 도망칠 수 있었던 것은 결코 겁쟁이라서가 아니었다. 이기기 위한 행동이었다. 실제로 그것으로 휴스턴은 살아남았고 오크는 전쟁에서 패배했다. 그런 오크의 영웅에게 겁쟁이니까 계속 도망쳤다고, 그것이 운 좋게 작용했다고 여겨지기는 싫었다.

"……알겠습니다. 지금부터 동굴 안으로 돌입, 포로를 구출하고 도적을 몰살하겠습니다."

"알겠다."

『오크 히어로』가 긴 송곳니를 드러내고, 웃었다.

7. 주디스

내게는 언니가 있었다.

자랑스러운 언니였다.

나이는 열 살 정도 차이가 나서 내가 철이 들었을 무렵에는 이미 언니는 성적 우수, 품행 방정, 사람들의 모범이 될 인물로서 가족의 기대를 한 몸에 업고 있었다.

나는 그런 언니를 동경하며 자랐다.

언니는 나이 차이가 있는 동생인 내게 무척 다정하게 대해주었다.

학교에서는 두려움을 사는 대상인지, 내가 언니언니라며 따르는 모습에 무척 기뻐하는 것 같았다.

나는 언니가 머리를 묶어주는 걸 좋아했다. 뭐든 할 수 있는 언니지만 조금 손재주가 없어서, 내 머리카락은 항상 좌우 어느 쪽으로 쏠려 있었다. 하지만 나는 그렇게 살짝 쏠려 있는 게 무척 좋았다. 그것이 언니가 머리를 묶어주었다는 증명이었으니까.

언니는 학교를 졸업한 뒤, 기사가 되었다.

우리 집은 대대로 기사 가문이었고, 언니도 계속 그럴 생각이었다. 나라로서도 당시에는 한창 전쟁 중이었으니 사람이 필요했다.

언니는 우수해서 기사가 된 뒤로도 척척 출세해서, 불과 몇 년 만에 중대를 하나 맡을 수 있게 되었다.

언니는 일 년에 한 번, 본가로 돌아와서 전과를 보고해주었다.

데몬 왕을 쓰러뜨리고 큰 전황에서도 몇 번 승리하며, 전쟁은 네 종족 동맹에게 무척 유리하게 기울었어. 이제 곧 전쟁은 끝날 거야. 끝나면 네 공부를 봐줄게. 너도 기사가 되려는 거지? 그러면 검 훈련도 같이해줄까. 후후, 어쩌면 내 부하로 배속될지도 모르겠네. 그렇게 되면 집에서 그러는 것처럼은 안 된다고. 엄하게 할 테니까.

언니는 그러면서 웃었다.

그리고 몇 개월 뒤에 언니의 부대는 궤멸, 언니는 오크의 포로가 되었다.

그 보고를 들었을 때, 우리 집은 절망에 휩싸였다.

아버지도 어머니도, 이 세상이 끝난 것 같은 표정이었다. 오히려 그대로 죽어주는 편이 나았을 거라는 말까지 했다.

당시의 나로서는 알 수 없었다. 어째서 부모님이 그런 말을 했는지.

어쨌든 언니라고? 아버지도 어머니도, 언니를 자랑스럽게 생각했잖아.

그러니까 "죽는 편이 나을 리가 없잖아!"라며 소리 지르고 방에 틀어박혔다.

한동안 부모님과는 대화를 하지 않았다.

그리고 몇 년.

전쟁이 끝났다.

휴먼이 이끄는 네 종족 동맹은 승리, 오크가 소속된 일곱 종족 연합은 패배했다.

오크에게 잡혀 있던 포로도 모두 풀려났다.

언니도 우리 집으로 돌아왔다.

그리고 나는 "언니가 오크에게 붙잡힌다"라는 것이 어떤 의미인지, 이해했다.

언니는 완전히 망가져 있었다.

눈은 텅 비고, 머리카락은 퍼석퍼석, 이전에는 등줄기를 쫙 펴고서 걷는 사람이었는데 마치 무언가로부터 숨듯이 항상 등을 굽히고서 걷게 되었다.

거의 말도 않고, 남성이 다가가면 찢어질 듯이 비명을 지르며 겁먹었다.

설령 그것이 친아버지일지라도.

나중에 들은 이야기인데, 언니는 오크 대대장의 아내가 되어 전쟁이 종결될 때까지 아이 여섯을 낳았다고 한다.

거듭된 임신 출산으로 몸도 마음도 너덜너덜해져서 도저히 기사로 복귀할 수 있는 상태가 아니었다.

그렇다고 이 상태로는 시집을 갈 수도 없었다.

언니의 미래는, 언니의 인생은 완전히 닫혀버렸다.

나는 오크를 용서할 수 없었다.

알고 있다. 나도 안다. 오크는 그런 종족인 것이다. 상식이 다를 뿐. 그들은 그러지 않으면 번식할 수 없다. 고양이가 어둡고 좁은 장소를 좋아하고, 개가 길가의 나무에 소변을 보는 것이나 마찬가지였다. 악의가 있어서 저지른 일은 아니었다.

하지만 그리 이해하는 것과 감정은 별개였다.

모든 오크를 목 졸라 죽여 버리고 싶었다.

그래서 기사가 되었다.

원래부터 기사가 될 생각이었지만 그때까지 이상으로 노력을 했다.

전쟁이 끝나고 군이 축소되어 기사 수요도 줄어든 탓에 조금 시간이 걸렸지만, 그래도 어떻게든 기사가 되었다.

소속 희망은 요새 도시 클라셀이었다.

가장 오크의 나라에 가까운 마을. 여차할 때 가장 빨리 오크와 싸우는 마을.『돼지 살해자 휴스턴』이 있는 마을.

희망은 통했다.

오크의 나라와 가까운 곳에 여기사가 가면 안 된다는 충고도 있었지만, 무시했다.

『돼지 살해자 휴스턴』은 그 이름 그대로인 인물이었다.

이따금 오크의 나라에서 흘러든 추방자 오크를 상대로 가차가 없었다.

오크의 나라에서 어째서 쫓겨났는지를 힐문하고, 대답을 들은 뒤에는 문답무용이었다.

녀석들이 무슨 소리를 하든 관계없이 담담하게 처형했다. 이미 죄를 저지른 자, 아무것도 하지 않은 자, 전혀 관계없었다.

그가 이르기를, "추방자 오크라는 것은, 요컨대 오크의 나라에서 범죄를 저지른 녀석들이다. 휴먼의 나라에 와서도 마찬가지. 무슨 일이 벌어진다면 이미 늦잖아?"라고 했다.

그런 가차 없는 모습을 보고 나는 이 사람을 따라가겠노라 생각했다.

전쟁이 끝나고 다른 종족과의 교류도 왕성해지며 각각의 종족이 가진 상식이나 습성에도 관용적이 된 시대에, 그렇게까지 오크를 상대로 가차가 없다니 이상적이라고 생각한 것이었다.

이 사람이라면 내 복수를 이루어준다. 오크를 모조리 죽여준다. 그리 믿었다.

예외가 있다고는 들었다.

추방자가 아닌 오크.

다시 말해서 여행을 하거나 나라에서 무언가 명령을 받고 행동하는 오크. 그런 자는, 사정은 묻더라도 석방할 생각이었다고 한다.

그런 자, 주디스가 부임한 뒤로 한 번도 나타나지 않았다. 그래서, 잊고 있었다.

하지만, 나타났다.

배시라고 자칭한 그 오크는 내가 아는 오크와는 달랐다.

체격은 오크치고는 작았지만 다른 오크와는 비교가 안 될 만큼 탄탄한 몸이었고, 그리고 당당했다.

탄탄하게 조인 것은 몸만이 아니라 얼굴도, 그랬다.

추방자 오크라는 것은 어쩐지 얄보는 표정을 띠고 있었다. 주디스를 보면 반드시 그렇다고 해도 될 만큼 천박한 표정을 띠고, 가슴이나 엉덩이로 시선을 보내는 것이었다.

나는 그런 시선이 죽을 만큼 싫었다. 하지만 배시는 적어도 천박한 표정을 띠지는 않았다.

가슴이나 엉덩이로 시선을 보냈지만…… 뭐, 그건 휴먼 남자도 그리 다르지 않으니까 그건 됐다. 불쾌했지만.

문제는 배시가 나타났을 때, 휴스턴의 태도였다.

솔직히 환멸했다.

저건 뭐냐. 『돼지 살해자』는 어디로 가버렸나.

아무래도 배시라는 오크는 오크의 나라에서 요인인 듯했다.

그건 알겠다. 하지만 그렇게까지 굽실굽실할 필요는 없겠지. 어쨌든 이 녀석은 오크인데.

그 후, 함께 행동하게 되었는데 휴스턴은 배시의 안색을 살피기만 할 뿐이었다.

가도의 사건을 해결하는 것보다 그 오크에게 환멸의 대상이 되고 싶지 않다는 것을 여실하게 알 수 있었다.

내 불신감은 심해질 뿐이었다.

그래서 명령을 위반했다. 감정적인 행동이었다. 단순한, 어린애 같은 반발이었다.

하지만 그것만이 아니었다.

언니가 오랫동안 포로가 되어 망가져 버린 것도 있었다.

싸움에 져서 포로가 된 시점에서 더러운 몸이 되는 것은 피할 수 없었을지라도, 좀 더 빨리 구출해냈다면 언니가 그렇게까지 망가지는 일은 없었을지도 모른다.

그러니까 포로는 한시라도 빨리 구해내야만 한다, 그런 심정에 초조해지고 말았다.

포로가 된 것은 아무런 인연도 없는 페어리지만, 그래도.

내 처지에 대해서 알고 있는 병사들은 내 생각에 동의해주었다.

명령을 위반해도 결과가 좋다면 아무 문제없고, 감봉이나 근신은 피할 수 없겠지만 뭐, 지금은 평화로운 시대니까 용서해줄 것이다. 솔직히 가볍게 생각했다.

자신들의 행동도, 휴스턴의 명령에 담긴 의미도…… 그리고 적의 전력도.

"크헤헤…… 내일이 기대된다고."

그리고 그 결과, 나와 병사들의 목숨은 풍전등화였다.

"크윽……."

"으……."

나를 포함하여, 부하들은 땅바닥에 쓰러져 있었다.

모두 상처투성이에 골절을 당한 자나 기절한 자도 있었다.

죽은 자는 없지만 출혈이 심해서 내일 아침에는 차가워질 것 같은 자도 있었다.

싸움이 종료되었을 때, 모두가 아직 살아있던 것은 단순히 운이 좋았을 뿐이리라.

동굴로 돌입한 우리는 복병과 맞닥뜨렸다.

처음에 불빛을 빼앗겼다.

어두운 동굴 안에서는 적의 정확한 숫자조차 알 수 없어서 하나, 또 하나가 당하며 순식간에 전멸했다.

전멸한 우리 앞에 서 있던 것은 십여 명의 휴먼과 십여 마리의 벅베어.

그리고 오크 한 마리였다.

오크, 오크다.

그것도 마수를 복종시킨 비스트 테이머였다.

내가 증오의 시선을 보내자 녀석은 천박한 표정으로 혀를 날름거렸다.

겁이 났다.

"이건 좋은데. 페어리에 이어서 이런 상등품이 굴러들어왔어, 재수 좋은데."

"게헤헤, 두목, 여자는 네가 받아도 될까요?"

"멍청이, 당연히 다 같이 써야지, 형제."

"독점하면 안 된다고."

"좋―아, 여자는 감옥에 넣어둬라, 남자는 죽여서 밖에 버려두든지 해."

나는 그 말을 듣고 자신이 이후에 무엇을 당할지 깨달았다.

"큭…… 주, 죽여, 죽여라…….'

내 목소리가 떨리는 것을 알 수 있었다.

죽이라고 하면서도 죽고 싶지 않다는 것을 알 수 있었다. 아직 나는 아무것도 이루지 못했다. 이래서는 대체 무엇을 위해 기사가 되었는지 모르겠다. 싫다. 그만해. 아무것도 하지 마.

그때, 어둠 속에서 새된 목소리가 울렸다.

"자자잠깐, 지금 죽이면 안 돼요. 모처럼 이제까지 발각되지 않았는데! 시체가 발견되면 기사 녀석들이 우르르 몰려든다고요!"

어둠 속, 어렴풋이 빛을 발하며 비행하는 물체가 소리 높이고 있었다.

"그렇지! 이 녀석들, 내일 아침에 밖에서 처형하죠! 그리고 벅베어가 해치운 것처럼 꾸미는 거예요! 숲에 살짝 트인 장소에서,

피가 좌악하는 느낌으로! 벅베어의 시체도 몇 개 준비해서, 열심히 싸웠지만 졌다는 느낌으로 해요! 휴먼이라고 해봐야 바보니까 틀림없이 속을 거예요! 이런 괜찮은 장사, 여기서 끝내도 되겠어요? 아니, 될 리가 없죠! 실력이 있는데다가 머리도 잘 돌아가는 당신들이 그걸 모를 리가 없죠! 게다가 여긴 어둡잖아요. 역시 밝은 장소에서 이 녀석들의 『이럴 리가 없는데~』라는 표정을 보면서 죽이고 싶잖아요. 그런 표정을 보면서 죽이면 틀림없이 기분 좋다고요?!"

젤이다.

믿을 수 없었다.

붙잡혔다고 생각했는데, 아니었다. 이 녀석은 처음부터 이 녀석들과 한패였던 것이다.

틀림없이 매복하고 있던 것도 이 녀석이 이야기했기 때문이다.

"그도 그렇군. 좋아. 애들아, 전원 감옥에 집어넣어라……. 헤헤, 여기사. 부하 앞에서 천국으로 데려가 주지."

머리카락을 움켜쥐고 고개를 들어 올려 동굴 안쪽으로 끌고 가며, 오크가 그렇게 말했다.

그 말을 듣고 동굴의 도적들도 천박한 웃음을 터뜨렸다.

◆

안쪽 방, 더러운 지푸라기 깔개가 있을 뿐인 방으로 끌려가서 땅바닥에 내동댕이쳐졌다.

둘러보니, 오크는 하나.

나머지는 전부 휴먼이었다.

수염이 덥수룩하고, 야비하고, 그야말로 도적에 어울리는 행색이었지만, 그러나 그들은 휴먼이었다.

"네놈들…… 휴먼이면서, 오크 따위와 도당을 맺었나?"

"오크 따위? 이봐, 그건 종족 차별이란 거라고. 전쟁은 끝났어. 이해가 일치한다면 사이좋게 지내야지…… 안 그러냐!"

한 사람이 그리 말하자 도적들은 "그야 그렇지"라고 웃으며 오크의 어깨를 두드렸다.

오크 역시도 즐거운 듯 웃고 도적들의 어깨를 두드렸다.

나는 내가 생각하는 것보다 훨씬 더 어리둥절한 상태였다.

설마 오크가 휴먼과 손을 잡고 있으리라고는 생각한 적도 없었다.

하지만 생각해보면 신기한 일은 아니었다.

먼저 오크가 관여하고 있다는 것인데, 데몬의 비술 중에는 벅베어를 조종하는 것이 있었다.

기사 학교의 수업에서도 배웠다.

그리고 오크 가운데 몇몇은 그것을 다룰 수 있다. 오크의 나라가 가까운 곳에 있으니까 오크가 관여하고 있어도 전혀 이상할 것은 없었다.

하지만 오크에게는 대상을 습격하고 들키지 않을 정도로 소량의 물자를 훔친다는 지혜는 없다. 오크가 대상을 습격할 때는 언제든지 모조리 빼앗는다.

하지만 휴먼이 지혜를 빌려주면 이야기는 또 달랐다.

어째서 이런 간단한 일을 알아차리지 못했을까.

……알고 있다.

오크와 휴먼이 손을 잡을 리가 없다고, 오크에게 다른 종족과 손을 잡을 사교성 따윈 없다고. 그리 얕보고 있었으니까.

긍지 높은 휴먼이 오크 따위와 손을 잡을 리가 없다고, 그리 믿고 있었으니까.

내 얕은 생각이 이 사태를 초래한 것이었다.

"자…… 그럼 누구부터 할래? 역시 두목인가?"

"어, 뭐냐. 우선은 너희부터 해줘."

"아니, 괜찮겠어, 두목? 오크는 말이지, 여기사를 정말 좋아하잖아?"

"아랫사람을 치하하는 것도 오크라는 녀석이야."

"그러면 윗사람의 낯을 세워주는 게 휴먼이야. 두목의 벅베어 덕분에 제대로 풀렸잖아."

"이것 참, 네놈들 요전에는 상관 따윈 엿이나 먹으라고 그랬잖아."

"존경할 수 있는 상대는 또 다르다고, 두목. 우리는 당신을 신뢰하거든."

"헤헤, 그렇다면 이번에는 감사히 그 말에 따르기로 할까."

그런 대화를 나누며 오크는 내게 손을 뻗었다.

지금부터 이 녀석이 나를 범한다. 그리 생각한 순간, 내 머리에서 핏기가 가시는 것을 알 수 있었다.

손발이 싸늘해지고 몸이 떨리는 것을 알 수 있었다.

"시…… 싫어…… 제발 그만해……."

"이봐. 그게 아니잖아, 기사님. 이럴 때야말로 범해질 바에야 죽음을 선택한다는 기개를 보여주지 않으면 재미없다고."

"시…… 싫어, 싫어!"

완전히 망가진 언니의 모습을 떠올렸다.

친아버지가 다가갔을 때에 터뜨린, 언니의 날카로운 비명을 떠올렸다. 오크의 아이를 여섯이나 낳았다고 이야기했을 때의, 언니의 공허한 표정이 떠올랐다.

분노했다. 오크 탓에 이렇게 되었다고 생각했다. 오크를 완전히 없애버려야만 한다고 생각했다.

배시의 사타구니를 봤을 때도, 부끄럽거나 당황하는 심정은 전혀 없이 그저 분노만이 치솟았다.

다시 말해서, 그 정도 일밖에 생각하지 않았다.

얕았다. 자신이 그렇게 될 가능성은 전혀 생각하지 않았으니까.

"다가오지 마! 싫어, 싫어, 싫어!"

"자자, 날뛰지 말고!"

절그럭절그럭, 애가 탄다는 듯이 갑옷을 벗겨내고 있지만 손은 뒤로 묶여 있어서 변변히 저항도 못 했다.

그저 무참하게 울부짖으며 싫다고 외칠 수밖에 없었다.

갑옷이 벗겨지고 몸의 라인을 알 수 있는 속옷이 드러나자 남자들의 시선에 열기가 실렸다.

"이젠 못 참겠어."

"싫어!"

오크가 손을 뻗어 속옷을 난폭하게 찢었다. 남자들의 콧김이 거칠어지고 오크의 입에서 침이 떨어졌다.

"……이봐, 어쩐지 소란스럽지 않아?"

그때 남자 하나가 그런 말을 꺼냈다.

"소란스럽다니……."

남자들의 거친 콧김이 한순간 멈추고 적막이 방을 지배했다. 그러자 확실히 어디선가, 무언가가 싸우는 소리가 들렸다.

아니, 싸운다기보다 일방적으로 무언가를 파괴하는 것 같은 소리였다.

그와 거의 동시에, 구르듯이 다른 남자가 들어왔다.

"두목! 적습입니다!"

"뭐야, 아직 동료가 있었다는 건가! 몇 명이냐!"

"그, 그게, 단둘이라."

"……뭐냐. 그럼 진정하고 대처해라. 놓치지 말고."

단둘이라면 어떻게든 해결이 된다.

그런 것보다 오랜만에 여자를 맛보고 싶다는 듯, 남자들은 내 쪽으로 시선을 되돌렸다.

하지만 남자들은 무언가를 알아차린 것처럼, 뛰어든 남자 쪽을 돌아봤다.

자세히 보니 그의 얼굴은 피로 젖어서 새빨갛고, 하지만 안색은 놀랄 만큼 새파랬다.

남자는 더욱 외쳤다.

"대처도 뭣도 안 된다고요! 거의 다 당했습니다! 빨리 도망쳐야……."

다음 순간, 벽이 폭발했다.

그 자리에 있던 모두가 갑작스러운 굉음에 아연실색하여 폭발한 쪽을 봤다.

흙먼지 안을 팔랑팔랑, 아련한 빛 하나가 날아갔다.

"역시 당신. 빙고예요."

차분한, 조금 전과는 전혀 다른 페어리의 목소리.

그와 동시에 흙먼지가 걷혔다.

구멍이 뚫려 있었다. 방의 벽에, 커다란 구멍이.

그리고 그 구멍에서 느릿느릿, 한 남자가 방으로 들어왔다.

그것을 보고 나는 더욱 절망했다.

녹색 피부, 긴 송곳니. 오크였다. 또 하나, 오크가 늘어나 버렸다.

몸이 더욱 강하게 떨렸다.

자신의 몸이 이제부터 어떻게 될지 상상도 못 하고, 팔다리가 저리듯이 힘을 잃고, 눈꼬리에서 눈물이 넘쳐났다.

이제 안 된다는 체념이 지배했다.

"……."

하지만 새로운 오크는 주위를 둘러보고 내 쪽에서 시선을 멈추더니, 말했다.

드러난 피부가 아니라 눈을 보고 말했다.

최근 며칠, 익숙해진 목소리로.

"구하러 왔다고."

——라고.

8. 영웅 VS 마수 대대장

　그것은 비좁은 동굴이었다.

　동굴의 높이는 삼 미터 남짓, 폭은 이 미터 정도일까.

　오크에게는 비좁지만 휴먼에게는 여유가 있었다. 아마도 이 동굴은 일찍이 오크가 사용하던 전선 거점 중 하나이리라.

　역전의 전사인 배시조차 이런 동굴이 있다는 사실을 몰랐다.

　그것을 생각하면 아마도 이십 년 이상 전에 방치되었을 것이다.

　그것을 도적이 발견하여 자신들의 거처로 삼았다. 그런 이야기일까.

　주디스가 있는 곳에는 의외로 금세 다다랐다.

　동굴로 들어가서 큰 방 같은 장소에서 경비로 여겨지는 도적을 쓰러뜨린 참에, 젤이 초고속으로 날아와서 "당신! 늦잖아요, 정말! 이쪽이에요! 빨리, 이쪽이에요! 지금, 바로 지금, 그 여기사가 당할 것 같아요! 그걸 질풍처럼 구해내는 거예요! 달려요! 달려! 뭣하면 저기 벽 같은 건 부숴서 가로질러요!"라며 재촉했기 때문이었다.

　휴스턴은 퇴로 확보와 증원군 대처를 한다며 큰 방에 머물렀다.

　배시의 견해로는, 휴스턴은 충분한 훈련을 쌓은 기사였다.

　설령 증원군이 오더라도 도적 따위에게 당하지는 않으리라고 봤다.

　그리고 현재, 배시의 눈앞에서는 계속 눈여겨보던 암컷이 상반신의 옷이 벗겨지고 피부를 드러낸 상태였다.

배시의 자식이 "아버지, 지금이라고요!"라며 주장하기 시작했지만, 배시는 일단 그것을 억눌렀다.

틀림없이 이곳에 휴스턴이 있었다면 놀랐을 것이다.

오크가 알몸인 여자를 눈앞에 두고 자신의 성욕을 억누르다니, 라고.

아니, 억누를 수 있었기에 그는 영웅이라고.

물론 그 자리에 있는 것은 주디스만이 아니었다.

오크와 도적들 여섯도 함께 있었다.

"뭐냐? 오크? 두목 지인입니까?"

"구하러 왔다니 뭐냐. 이미 기사들의 습격은 끝났다고?"

도적들은 배시에게 의아해하는 시선을 보내면서도 그다지 경계하지 않는 모양이었다.

다만 갑자기 벽을 박살 내고 들어온 침입자의 정체는 신경이 쓰이는지, 안쪽에 있던 오크 쪽으로 질문을 던졌다.

"두목, 이 녀석은 누굽니까?"

"어, 어어…… 어, 어째서…….."

그 오크는 지금, 녹색의 안면을 새파랗게 물들여서 블루 오크로 변화한 상태였다.

부들부들 떨며 '어째서'를 반복할 뿐인 오크에게, 배시도 시선을 향했다.

본 얼굴이었다.

"보그즈인가."

"히익."

보그즈.

그 인물은 배시도 알고 있었다.

오크의 나라 전사, 벅베어를 조종하는 비스트 테이머 중 하나.

오크 가운데 유일하게 비스트 마스터의 칭호를 얻은 자이기도 했다.

다만 그는 휴먼과의 강화에 납득 못 하고, 오크 킹의 명령을 어기고 나라에서 추방된 남자 중 하나이기도 했다.

"보그즈, 오크가 다른 종족의 여자를 억지로 범하는 것은 금지되어 있다.

"아…… 아니, 이건 억지로 하는 게 아니야, 이 여자의 합의도 얻어서!"

"그럴 리가 있나."

주디스의 얼굴은 눈물과 콧물로 엉망이고, 몸을 틀어서 필사적으로 신체를 가리려고 했다.

이것이 합의라고 한다면, 배시는 숲에서 처음 만난 여자에게 진즉에 동정을 버렸다.

"이봐, 보그즈 형씨랑 아는 사이인 것 같은데…… 말투를 보아하니, 혹시 적인가?"

그때 도적 하나가 허리춤의 검을 뽑았다. 실실 웃으면서 배시를 얕잡아보는 시선으로 바라봤다.

그 눈은 이미 살의로 충만했다.

"그렇다."

배시는 솔직하게 대답했다.

얼버무릴 생각 따윈 털끝만큼도 없었다.

"허, 그럼 죽어라!"

도적은 빨랐다.

갑자기, 검을 가슴 높이까지 들어 올리더니 찌르기를 펼쳤다. 배시의 눈을 노린 일격이었다.

그는 도적이지만 전쟁에서 살아남은 전사이기도 했다. 좁은 장소에서의 싸움은 특기였고 검을 다루는 솜씨는 월등히 뛰어났다.

"그런 날붙이로는, 생각처럼 움직이지는 못하겠지."

필살을 예상한 찌르기.

도적은 멍하니 있는 배시의 눈에 자신의 검이 박히고 분수처럼 피를 뿜어내며 괴로워하는 모습을 머릿속으로 그리고…… 그대로 두개골이 산산이 박살 나서 죽었다.

"어?"

다른 도적들 그 누구도 무슨 일이 벌어졌는지 이해할 수 없었다.

찌르기를 펼친 동료가 퍼걱, 하는 얼빠진 소리와 함께 머리를 잃었다.

그 현실에 이해가 미처 따라가지 않았다. 영문을 알 수 없었다.

"어라?"

다만 변화를 깨달은 자는 있었다.

배시가 아무렇게나 들고 있던 대검이 어느샌가 휘두른 자세로 정지해 있었다.

그런데 조금 전에는 오른쪽에 있던 검이 어째서 왼쪽에. 이런 좁은 장소에서는 저런 대검을 휘두를 수는 없을 터.

뒤늦게, 배시 주위의 벽이 소리를 내며 폭발했다.

마치 그곳을 검이 지나간 것처럼.

"우어어!"

도적들은 갑자기 벽이 폭발하자 깜짝 놀라서 몸을 웅크렸다.

그럼에도 아직 무슨 일이 벌어졌는지 이해하지 못했다.

배시가 휘두른 칼이 벽을 파괴하며 도적의 머리도 파괴했다.

그것이 해답이었다.

와르르 떨어지는 파편만이 배시의 행동을 추측할 힌트였다.

하지만 도적들이 해답에 다다르는 일은 없었다. 그저 갑자기
동료가 죽어서 어리둥절하고 말았다. 벽이 부서져도 몸을 웅크릴
수밖에 없었다. 무슨 일이 벌어졌는지 몰라서 움직임을 멈춰버렸
다. 자신이 간격 안쪽에 있다는 사실을 깨닫지 못했다.

배시는 문답무용으로, 왼쪽에서 오른쪽으로 두 번째 검격을 펼
쳤다.

그 결과, 멍하니 있던 모두의 몸통이 터지듯이 둘로 나뉘었다.

소리를 지를 수조차 없었다.

영문도 모르고, 움직이지 못하고, 도합 여섯 명이 동시에 목숨
을 잃었다.

"제, 젠장……."

살아남은 것은 배시의 싸움을 가까이서 본 적이 있는 보그즈뿐
이었다.

녀석에게 좁은 장소 따윈 관계가 없다는 사실을 아는 것은 그

뿐이었다. 참격을 보고 벽과 함께 도적을 찾아버렸음을 이해할 수 있었던 것은 그뿐이었다.

그렇기에 그만은 배시의 간격 밖으로 물러나는 데 성공했다.

"어째서, 어째서 네가 이곳에 있는 거냐……!"

보그즈는 그리 외치며, 방의 입구를 통해 밖으로 뛰쳐나갔다.

배시는 순간적으로 그를 쫓아가려다가 젤의 귓속말을 듣고 다리를 뚝 멈췄다.

그리고 천천히 주디스 쪽을 봤다.

콧김은 거칠었다.

당연하리라. 지금 눈앞에는 양팔을 묶어 몸을 가리지도 못하는 여자가 쓰러져 있으니까.

"……히익."

주디스는 목구멍 안쪽까지 떨렸다.

이 방에 있는 것은 주디스와 배시뿐.

상반신이 알몸인 여자와 사타구니를 부풀린 오크뿐. 아니, 일단 오크의 머리 근처에 어렴풋하게 빛나는 페어리도 있지만…….

저 페어리. 아무래도 도적의 한패는 아니었나보다. 하지만……
그러나 틀림없이 자신의 동료는 아니었다. 처음부터 배시의 동료였는데.

페어리가 배시의 귓가에 무언가를 속삭이고 있었다.

주디스는 그것을 보고 "지금 이 참에 해치워버려요" 같은 소리를 한다고 예상했다.

어쩌면 저 페어리와 오크는 처음부터 이럴 생각이었을지도 모른다.

이제는 자신의 상황이 너무나도 극한에 치달아서, 모든 것이 누군가의 음모로만 여겨지는 주디스였다.

그런 주디스에게 배시가 천천히 손을 뻗었다.

"싫어…… 그만…… 어?"

하지만 배시는 결코 주디스의 피부에 접촉하지는 않았다.

그녀의 하얀 피부에 가볍게, 자신이 몸에 걸치고 있던 외투를 덮는 것이었다.

"……어?"

"구하러 왔다. 밧줄을 풀 테니까, 이걸 감옥에서 죽어가고 있는 병사에게 뿌려라. 요정의 가루다."

배시는 그리 말하더니 주디스의 밧줄을 풀고 손에 작은 병을 쥐어줬다.

요정의 가루에 대해서는 주디스도 잘 알고 있었다.

귀중한 물건이었다. 페어리 한 마리한테서 하루에 아주 소량밖에 얻을 수 없다고 들었다.

아마도 배시의 귓가에서 부끄러운 듯이 꿈틀꿈틀하는 저 녀석일 것이다.

그제야 간신히 주디스는 이해했다.

눈앞의 오크는 자신을 구해주러 왔다고.

자신은 살아난 것이라고.

그런 절망적인 상황에서 구원을 받았다고.

언니처럼 되지 않고서 넘어갔다고.

"감사하라고요! 나의…… 아니, 배시의 작전으로 내가 스파이로 들어오지 않았다면 지금쯤 도적들의 위안거리가 되었을 거예요!"

"! 가, 감사하지……!"

주디스는 얼굴을 새빨갛게 물들이며 감사의 말을 입에 담았다. 말만이 아니라 진심이 담긴 감사였다.

동시에 놀라기도 했다.

오크라는 생물이, 알몸의 여자를 앞에 두고, 아무것도 하지 않는다는 사실에.

어쩌면 배시에게 성욕이 없는 것은 아닐까, 한순간 그리 생각했지만 배시의 사타구니는 가죽 속옷을 입고서도 봉긋하게 부풀어 있었다.

다시 말해서 자신의 욕망을 억누르고 주디스를 대하는 것이었다.

"하지만……."

"왜 그러지? 감옥은 내가 뚫은 구멍을 나가서, 바로 왼쪽이다."

"그건 알겠어! 하지만, 그게 아니라, 어…… 어째서 너는, 날 덮치지 않지?"

"덮쳐도 되나?"

"아, 안 돼!"

주디스는 외투를 힘껏 끌어안았다.

조금 전의 공포가 떠올라 부르르 몸을 떨었다.

"하지만 오크라는 건, 다른 종족의 여자를 붙잡아서 임신시키는 걸…… 그게, 좋아하잖아?!"

"그래. 하지만 오크 킹의 이름 아래, 오크가 다른 종족의 여자를 억지로 범하는 일은 금지되어 있다."

최근 며칠 동안 몇 번이고 들은 말.

그것 하나밖에 모르는 바보처럼 되풀이된 말.

어차피 말뿐이라고 생각하던 말.

하지만 지금, 이 순간. 주디스의 마음에 툭 떨어졌다.

이해할 수 있었다.

아아, 그런가.

이것은 『충성심』이구나.

조금 전에 본 강함. 벽을 쿠키처럼 쪼개고 여섯 명을 동시에 둘로 자르는 완력. 저런 강함이 있다면 그는 얼마든지 여자를 손에 넣을 수 있을 것이다. 그야말로 여관에서 포위했을 때, 병사를 몰살하고 주디스를 범할 수도 있었던 것이다.

하지만 그러지 않았다. 그는 오크 킹에 대한 충성심으로 스스로를 자제하고 있었다.

그런가, 그랬던 것이다. 그러니까 휴스턴도 그를 인정했던 것이다.

오크의 나라 중진이라고, 오크의 나라 기사라고

그것도 수도의 근위기사단장 클래스의 거물이라고.

주디스가 이해하는 것과 동시에 배시가 일어섰다.

"어, 어디로 가지?"

"녀석을 쫓겠다."

배시는 휴스턴이 내린 명령 『도적을 몰살하라』를 충실하게 수행하려고 했다.

휴스턴은 왕이 아니지만 현장의 지휘관이다.

오크는 지휘관의 명령에는 따르는 것이었다.

"그런가, 너는 그걸 위해서……."

하지만 주디스는 다르게 해석을 했다.

그녀는 배시의 충성심을 이해했다. 그 결과, 그가 지금 이곳에 있는 이유가 짐작 갔다.

어째서 휴먼의 나라에 와서, 어째서 매도당하는 것을 참고, 어째서 기사들과 함께 숲으로 들어와서, 어째서 이런 바보 같은 여기사를 버리지 않고 동굴로 돌입하고, 반라의 여자를 제쳐놓으면서까지 적을…… 아니 '오크'를 쫓는 것인가……!

알게 된 이상, 이제 주디스로서는 그의 행동을 방해할 수는 없었다.

"응?"

"아니, 알았다. ……무운을 기도하지."

"그래!"

그 말을 등에 업고, 배시는 일어섰다.

◇

배시가 길을 되돌아가자 큰 방에서 휴스턴이 싸우고 있었다.

십여 마리의 벅베어를 상대로 활극을 펼치고 있었다.

하지만 큰 방이라고는 해도 동굴 안.

자리를 넓게 써서 행동하고 싶은 참이지만, 십여 마리 벅베어에게 둘러싸여서는 그러지도 못하고 고전하는 모양이었다.

"치워, 치워라! 벅베어들! 에워싸라! 그 녀석을 죽여! 빨리 치
워라!"

외치는 것은 메이스를 손에 든 보그즈.

평정을 잃은 상태에서도 벅베어를 조종하여 휴스턴을 몰아붙
이려고 했다.

휴스턴은 철저히 방어에 전념하여 이것을 견뎌내고 있었다.

빨리 도망치고 싶다면 휴스턴은 내버려 두면 그만이다, 그리
생각했지만 휴스턴은 교묘한 풋워크로 보그즈의 앞길을 가로막
고 있었다.

보그즈의 앞길, 다시 말해 하나의 통로. 출구로 통하는 통로였다.

배시가 아는 보그즈라면 휴먼 기사 하나 정도는 어려움 없이 쓰
러뜨리고 돌파할 것이다.

하지만 그러지 못했다. 그것은 휴스턴의 전투 방식이 능숙한
것도 있겠지만……

그 이상으로 너무 당황해서 벅베어 조종이 조잡했다.

"보그즈!"

"배, 배시……?!"

이름을 부르자 보그즈는 돌아봤다.

그곳에는 그가 오크의 나라에서 추방되고서도 오크 최강이라
믿어 의심치 않는 남자가 있었다. 그 남자는 애검을 들고 천천히
보그즈 쪽으로 걸어왔다.

"큭…… 모여라!"

보그즈는 핏기가 가시는 것을 느끼며 외쳤다.

휴스턴에게 무리 지어 있던 벅베어가 한 마리도 남김없이 보그즈 주위로 이동했다.

벅베어들의 보호를 받으며 보그즈는 물었다.

"어째서냐! 어째서 네가 이곳에 있나!"

배시가 대답했다. 당당하게.

"명령이 내려졌으니까. 너를 죽이라고."

"큭…… 그런 것이냐!"

보그즈는 이해했다. 어째서 보그즈가 이곳에 있는지. 오크의 나라에서 영웅으로서 태평하게 살고 있을 터인 남자가 어째서 자신을 죽이러 왔는지.

배시의 한마디로 완벽하게 이해했다.

보그즈는 오크의 나라에서 추방되었다고는 해도 전사였다.

비스트 테이머로서 수많은 전장을 경험했다. 긍지가 있었다. 오크란 이래야 한다는 이상이 있었다.

하지만 오크 킹의 명령은 명백하게 보그즈의 이상에 어긋났다.

여자를 범하지 말라고? 적과 싸우지 말라고?

웃기지 마라. 오크한테서 싸움과 여자를 빼면 뭐가 남는데!

그래서 반발하고 나라에서 추방되었다.

도적에게 몸을 의지했지만 긍지를 버린 것은 아니었다.

오히려 그 나름대로 오크의 이상을 구현하고자 애를 쓴 것이었다.

하지만 틀림없이 그 행위는, 휴먼과 사이좋게 지내려는 자가 보기에는 거슬렸을 것이다.

그래서 명령을 내렸다.

죽이라고.

오크와 휴먼 사이를 틀어놓으려는 자를, 죽이라고.

누가 그런 명령을 내렸지?

배시에게, 오크의 영웅에게, 오크 최강의 전사에게 명령을 내릴 수 있는 남자라면 하나밖에 없다.

오크 킹이다. 네메시스 녀석이, 배시에게 보그즈를 죽이라고 명령한 것이다.

"그렇게나 거슬리느냐, 자기 말대로 안 되는 오크가!"

보그즈는 자신이 배시에게 이기지 못한다는 사실을 잘 알았다.

지금 당장 메이스를 던져버리고, 무릎을 꿇고, 머리를 숙이고서 목숨을 구걸해야 한다고 본능이 외쳤다.

하지만 보그즈는 긍지를 잃은 것이 아니었다. 이상을 버린 것이 아니었다.

보그즈가 생각하는 오크의 긍지 높은 이상의 전사.

그것은 검을 든 상대에게 무참하게 목숨 구걸 따윈, 안 한다.

"나는 전직 오크 왕국 마수 대대장 보그즈다아아아!"

자신의 이름을 외쳤다.

상대는 영웅.

"음…… 나는 전직 오크 왕국 부더스 중대 소속 전사. 오크 히어로 배시다!"

서로가 이름을 외치고, 서로가 포효하고, 서로가 부딪쳐서 사력을 다한다.

그것이야말로 오크에게 예로부터 전해지는 결투의 예법이었다.

보그즈가 도전하고, 배시가 받았다. 오크 상급 전사 사이의, 어엿한 결투. 그것은 오크의 역사나 생태를 잘 아는 휴스턴조차 처음으로 보는 것이었다.

"그라아아아아아오오!"

보그즈의 워 크라이가 동굴 안에 메아리쳤다. 그에 호응하여 벅베어들이 일제히 움직였다.

"그라아아아아아오오!"

배시가 워 크라이로 답했다.

파도처럼 밀려드는 벅베어를 상대로, 배시는 두려워하지 않고 힘껏 내디뎠다.

배시의 움직임은 단 한 걸음으로 벅베어를 사정거리 안에 포착했다.

벅베어가 땅을 박차는 것과 동시에 날카로운 일격을 펼쳤다.

……벅베어 세 마리가 순식간에 고깃덩어리로 변했다.

"그라아아아아아아!"

포효를 내지르며 배시가 다리를 움직였다.

한 걸음, 두 걸음, 나아갈 때마다 벅베어가 고깃덩어리로 변했다.

무겁고, 날카롭고, 엄청난 검격을 상대로 평범한 벅베어 따윈 그저 고기에 불과했다.

남은 벅베어는 다섯 마리.

종전 시에 남은 역전의 벅베어. 오거를 능가하는 완력과 리저드맨에 버금가는 민첩함을 겸비한, 보그즈에게는 비장의 수단.

"그가아아아아아!"

포효와 함께 배시가 또다시 내디뎠다.

강철의 폭풍이 휘몰아쳤다.

오크 전사는 누구라도 자신이 최강이라 생각한다.

입 밖으로 꺼내지는 않지만, 오크 킹이 상대라도 맞붙어 싸우면 이길 수 있다고 생각한다.

그런 자신감 과잉인 녀석들이 배시한테만큼은 이길 수 없다며 자각하고 있다.

누구도 배시의 참격을 제대로 볼 수 없기 때문이다.

휘두르는 검은 너무나도 빠르다.

보그즈의 눈으로도 잔상조차 좇을 수 없었다. 하지만 벅베어들은 오크보다도 동체 시력이 뛰어났다. 그들의 눈은 확실하게 그 참격을 포착하고 있었다.

그리고 오거를 능가하는 완력과 리저드맨에 버금가는 민첩함으로 그 참격을 피하려고 했다.

하지만, 허나, 상대는 배시.

오거를 맨손으로 으스러뜨린 휴먼의 영웅 『거살경(巨殺卿) 아시스』조차 그 일격을 받아낼 수가 없었다. 강인한 비늘을 가진 드래곤조차 목이 잘려나갔다.

모든 적을 정면으로 타도하고 모든 적에게 두려움을 산, 오크의 영웅.

오크에게는 진정한 비장의 수단. 그의 일격은 누구도 미처 받아낼 수 없다.

벅베어 다섯 마리가 한순간에 고깃덩어리로 바뀌었다.

"윽, 으으……!"

보그즈의 눈에, 오랜 세월 고난을 함께했던 전우들의 죽음이 비쳤다.

메이스를 움켜쥔 손에 힘이 실렸다.

어째서 그들과 함께 앞으로 나서지 않았나.

어째서 그들과 함께 죽지 않았나.

어째서 적어도 앞으로 한 걸음을 내딛지 않았나.

그런 후회가 한순간 가슴속으로 날아들고, 그것은 투지로 바뀌었다.

나는 배시를 두려워했다. 공포에 빠지고 말았다.

투쟁을 가장 우선하고, 싸움이 전부라 믿고, 오크 킹을 배신하면서까지 나라를 뛰쳐나왔는데, 영웅과 대치하자 다리가 움츠러들고 말았다.

그런 스스로에게 분노를 느꼈다.

"으아아아아아!"

보그즈는 움켜쥔 주먹으로 자신의 다리를 때렸다.

분노는 그대로, 공포를 후려갈기고 몸에 힘이 넘치게 만들었다.

"배시이이이!"

배시는 개의치 않았다.

그저 눈앞의 적을 죽이고자 계속 움직였다.

"보그즈!"

이름을 부른 찰나, 배시의 뇌리에 보그즈와의 추억이 되살아났다. 처음으로 만난 것은 전장이었다.

아직 첫 출진 이후로 얼마 안 되어 검을 휘두르는 실력도 어설 펐을 무렵. 그날, 배시는 봤다. 보그즈와 벅베어들을. 전장을 내 달리는 억센 벅베어들이 어찌나 든든하게 보였던가. 그리고 벅베 어들 가운데서 메이스를 휘두르며 날뛰는 보그즈가 어찌나 늠름 하고 압도적인 존재로 보였던가.

평생 그만큼 강해질 수 없다고 생각했다.

그만큼 먼 존재였다.

어느덧 따라가서, 추월하고, 동경의 마음조차 사라져버렸다.

그런 존재가 지금 눈앞에 있었다.

"그라아아아아아!"

"그가아아아아우오!"

일격.

보그즈의 메이스와 배시의 대검이 교차했다.

맞부딪친 두 개의 쇳덩어리. 역전의 메이스는 오크의 강인한 완력에 불꽃을 튀기고, 오그라지고, 구부러지고, 미처 견디지 못 하고 부러졌다.

반면에 데몬이 단조한 대검은 기세가 쇠하지 않고, 궤도가 바 뀌지도 않고 노린 그대로 보그즈의 머리를 후려쳤다.

"억······."

보그즈의 머리가 핏덩어리로 바뀌었다.

"······."

머리를 잃은 보그즈의 몸이 풀썩, 무릎을 꿇었다.

조금 늦게, 털썩 소리를 내며 보그즈의 몸이 쓰러졌다.

이미 꿈쩍도 하지 않았다.

비스트 테이머로서 비스트 마스터.

오크족에서 가장 벅베어를 화려하게 다루는 남자가, 죽었다.

"후우……."

배시는 숨을 내쉬고 주위를 둘러봤다.

이미 큰 방에 적은 없었다.

벅베어 열네 마리는 지금 그 한순간에 모두 베어 죽였다.

도적 생존자도 없었다. 설령 있다고 해도 보그즈가 없는 지금, 이제까지처럼 도적질을 계속할 수는 없을 것이다.

"보그즈……."

배시는 보그즈의 시체를 내려다보고 옛날 일을 떠올렸다.

보그즈는 비스트 테이머로서 이름이 알려진 전사였다.

배시가 태어나기 전부터 활약한 남자였다.

열세인 전쟁 가운데, 그는 "배시, 너는 우리의 자랑이다. 그야 말로 오크의 이상을 구현한 전사라고"라며 칭찬해주었다.

배시 역시도 "네가 없었다면 이 전장에서 살아남을 수 없었다" 라고 솔직하게 말한 기억이 있었다.

훌륭한 전사였다.

틀림없이 마지막 전투에서 죽었다고 생각했다. 이런 곳에서 추방자 오크가 되어 있었다니, 생각해본 적도 없었다.

분명히 무언가가 있었을 것이다. 그것은 배시로서는 알 수 없었다. 조금 더 말하자면, 마지막에 그가 내질렀던 말의 의미도 알 수 없었다.

거슬린 적 따윈 없었다. 오히려 존경하기도 했던 것이다.

"이 녀석으로 끝입니까?"

그런 배시에게, 얼굴에 긁힌 상처가 생긴 휴스턴이 이야기를 건넸다.

긁힌 상처라고 해도 벅베어의 더러운 손톱으로 생긴 상처였다. 세균 때문인지 이미 붓기 시작했다.

"그래, 안에 있던 도적은 전부 죽었다."

"제 부하들은?"

"안쪽에 있다, 아무도 안 죽었을 테지."

"그렇습니다, 그건 참 다행입니다. 그럼 그들을 데리고 일단은 철수하죠."

휴스턴은 자신의 상처에 침을 바르며 그리 말했다.

배시가 혼자 있다면 어떻게든 된다. 그리 생각하여 퇴로 확보를 우선했는데, 상상 이상이었다.

벅베어 열네 마리를 최소한의 움직임으로, 효율적으로 죽이고 오크 전사를 처리한 그 움직임.

그야말로 오크 최강의 이름에 걸맞은 모습이었다.

'……나, 잘도 이 남자한테서 도망쳐다녔군.'

휴스턴은 그리 생각하며 안도의 한숨을 내쉬는 것이었다.

9. 프러포즈

　싸움이 끝난 뒤, 일행은 동굴 안을 탐색하여 도둑맞은 것으로 여겨지는 상품을 발견했다.

　상품 내용은 주디스가 모은 정보를 바탕으로 만든 도난품 리스트와 일치했다. 아무래도 벅베어를 조종해서 가도의 대상을 습격하던 것은, 이곳에 있던 녀석들이 틀림없는 듯했다.

　그리고 어느 방에서 도난품을 처리했을 때의 거래 증거도 찾았다.

　이것으로 도적과 연줄이 있는 상사(商社)도 일망타진할 수 있다.

　사건 하나가 마무리되었다.

　그 증거를 가지고 일행은 동굴을 뒤로했다.

　"눈부시군……."

　어스름한 숲을 빠져나오자 햇살이 눈부시게 비쳤다.

　어느샌가 날이 밝았다.

　배시는 눈을 가늘게 뜨며 주위를 둘러봤다.

　병사들은 너덜너덜, 요정의 가루 덕분에 치명상은 치유되었지만 서로 어깨를 빌리지 않고서는 걸을 수 없을 정도였다.

　주디스는 그런 병사들을 보며 조금 침울한 모습이었다.

　아름다운 흰 피부와 비칠 듯한 금발이 조금 더러워져 있었다. 눈가는 부었고 뺨에는 눈물을 흘린 자국이 있었다. 하지만 어쩐지 상쾌한 표정을 띠고 있는 것처럼도 보였다.

　그것들이 전부 배시에게는 아름답게 보였다.

“…….”

주디스는 그런 시선을 알아차렸는지 문득 배시 쪽을 봤다.

하지만 딱히 무어라 말하지도 않고, 입술을 삐죽이며 고개를 홱 돌렸다.

이제까지는 거칠게 매도를 날리든지 째려봤을 텐데.

그러기는커녕 지금은 어쩐지 부끄러워하는 것 같았다.

(“당신, 당신!”)

그런 주디스를 찬찬이 보고 있었더니 배시의 귓가에 젤이 속삭였다.

(“내 생각이지만, 지금 가면 저 여자, 함락시킬 수 있을지도 몰라요.”)

(“……그런가?”)

(“위기 상황에서 구원. 당신의 커다란 물건을 봤어요. 백 퍼센트 된다는 확증은 없지만, 지금이 찬스라는 건 틀림없어요! 그리고 저기, 손가락!”)

그 말에 배시는 주디스의 손을 봤다.

그녀의 왼손 약지에는, 반지 같은 것은 전혀 착용하지 않았다.

(“찬스예요! 찬스!”)

찬스라는 말에, 배시의 뇌리에 동굴 안에서 본 주디스의 흐트러진 모습이 떠올랐다. 하얀 피부, 드러난 젖가슴, 흐르는 눈물.

자연스럽게 콧김이 거칠어졌다.

오늘 하루, 계속 참았다. 휴먼 여자는 맹렬하게 구애해도 결코 손에 넣을 수 없다는 말을 듣고, 향수를 뿌리거나 말대답도 하지 않고 이야기를 듣거나 알몸을 앞에 두고서도 자신을 억누르거나…….

그런 노력 덕분에 지금, 눈앞의 여기사가 손에 들어오는 지점까지 왔다.

그 말에 배시는 주먹을 꽉 움켜쥐었다.

주디스의 손을 흘끗 보고,

"주디스."

배시는 거친 콧김 그대로, 주디스에게 이야기를 걸었다.

"……뭐, 뭐냐."

주디스는 살짝 겸연쩍은 표정을 띠며 돌아봤다.

그리고 거친 콧김의 배시를 보고, "윽" 하며 표정이 굳어졌다. 배시는 주디스의 반응 따윈 신경 쓰지 않고 그녀의 어깨를 붙잡았다.

그리고 말했다.

"너, 내 아이를 낳지 않겠나?"

오크로서는 평범한 프러포즈였다.

"……!"

주디스는 눈을 크게 떴다. 한순간, 그녀의 표정에 분노의 기색이 드리웠다.

……하지만 그 기색은 금세 사라졌다.

배시를 몇 초 정도, 진지한 표정으로 빤히 바라본 뒤에 훗, 하고 웃었다.

오오, 이건 괜찮은 느낌이다. 배시가 내심 그리 기뻐하려던 그때, 주디스는 말했다.

"시험해보지 않더라도, 역시나 이제 오해는 안 해요. 『다른 종족과의 합의 없는 성행위는 오크 킹의 이름 아래 엄히 금지되어 있다』라고 그랬죠?"

돌아온 말은 예스도 노도 아니었다.

배시의 거친 콧김이 흐흡, 소리를 내며 가셨다.

곤혹스러운 심정 그대로, 배시는 우수한 브레인에게 의견을 청했다.

("무슨 뜻이지? 예스인가? 노인가?")

("으―음…….")

브레인은 팔짱을 끼고서 말의 의미를 음미했다.

예스인가 노인가. 작은 머릿속에서 예스라고 적힌 요정과 노라고 적힌 요정이 싸우기 시작했다. 장절한 격투…… 그 결과, 브레인은 안타깝다는 표정을 띠었다.

("으―음…… 에두른 표현이지만, 차인 거네요.")

브레인의 머릿속에서 노가 주먹을 들고는 관객에게 키스를 날리고 있었다. 머리카락 하나 차이의 승리였다.

("차였다……. 그러니까, 노인가.")

("노예요.")

("그렇다면, 다음은 뭘 하면 되지?")

("기본적으로는 차이면 깨끗이 단념하고 다음 여자한테 가는 게 매너예요. 끈덕지게 다가가면 그것만으로도 합의 없는 성행위가 되어버리는 경우도 있어요.")

("으음…… 그, 런가…….")

아무래도 안 되었나 보다.

("뭐, 어쩔 수 없지.")

하지만 배시는 그다지 낙담하지 않았다.

전쟁에서는 배시가 홀로 아무리 노력해도 질 때는 진다. 찬스란 반드시 이긴다는 보증이 아니었다. 미처 이기지 못할 때도 있다. 그럴 때마다 낙담하다가는, 전장에서는 살아남지 못한다. 곧바로 마음을 다잡고 다음 전장으로 향하는 것이 전사라는 존재이다.

'하지만…….'

허나 배시로서는 조금 미련이 있었다.

여하튼 이 싸움은 배시에게 첫 출진이라고 할 수도 있는 싸움이었다.

조금 더 매달려보고 싶었다. 신병이 공을 세우려고 조급하게 굴다가는 변변한 일이 안 된다는 것을 알지만, 그래도.

"그런가…… 아쉽군. 너는 마음에 들었는데 말이야."

"오크 주제에 빈말을 잘하는군요. 당신을 마음대로 헐뜯고, 끝내는 적에게 붙잡혀서 무참하게 울부짖고, 도움을 받은 여자의 어디가 마음에 들었다는 건가요."

"얼굴이다."

"하핫."

주디스는 웃었다. 농담이라고 생각해버린 것이었다.

"뭐, 칭찬하는 말로 받아두죠."

주디스는 그리 말하고, 흐트러진 머리카락을 쓸어 올렸다.

배시로서는 빈말도 뭣도 아니었다. 지금도 머리카락을 쓸어 올

리는 동작에 무척 감동하고 있었다.

그런 배시의 생각을 전혀 모르고, 주디스는 툭하니 말했다.

"어쨌든, 큰 도움을 받았어요. 당신이 오지 않았다면 저는 언니처럼 되었을 테니까."

"언니가 있나?"

"예, 당신들 오크의 포로가 되어서, 너덜너덜하게 범해져 버린 언니가……."

"으음."

배시는 입을 다물었다.

주디스의 언니, 전혀 정보는 없지만 휴먼에 대해서 잘 모르는 배시는 주디스의 언니니까 그녀와 마찬가지로 아름다운 여기사이리라 멋대로 추측했다.

아름다운 여기사라면 오크들이 어떻게 다루었을지, 상상이 어렵지 않았다.

당시에는 아무도 그것에 의문을 품지 않았다.

오크에게 여자를 포로로 삼는다는 것은 그런 것이었다.

화평 교섭 자리에서 금지 조약이 맺어졌을 때, 휴먼 여기사인 『피보라 리리』가 오크 전사 하나를 쓰러뜨리고 "동의 없는 성교는 다른 종족 여전사의 긍지를 크게 훼손하는 일이다. 네놈들이 긍지를 중시하는 종족이라면 죽음을 바라는 자는 죽여라! 모독하지 마라! 전투 중에 죽여라!"라고 말하여, 간신히 오크들도 조금 이해한 것이었다.

뭐, 이해했다고 해도 성욕이 웃도는 자도 있고, 옛날부터 해온

일인데 새삼스럽다며 분개하는 자도 있고, 그럼 어떻게 번식하면 되느냐 웃기지 말라며 사고가 정지한 자도 있었다.

모든 오크가 그런 것은 아니지만.

"나는 계속 오크가 미웠어. 그 늠름하고, 총명하고, 나아가야 할 목표가 있던 언니를 그렇게까지 엉망으로 만든 오크가……."

그리 말하는 주디스의 표정은 처음 만났을 때와 마찬가지, 증오로 덧칠되어 있었다.

오크는 밉다. 모조리 죽이고 싶다. 그런 환청조차 들릴 것만 같은 증오…….

하지만 그런 표정은 금세 풀어졌다.

"하지만 저도 생각을 고치기로 했어요. 오크 중에도 당신 같은 멋진 남자가 있다는 걸 알았으니까."

결코 증오가 사라진 것은 아니었다. 하지만 조금이나마 완화할 수 있었다.

주디스의 표정은 그리 이야기했다.

배시로서는 썩 와 닿지 않는 이야기였지만 젤에게는 제대로 와 닿은 모양이었다.

젤은 배시의 귓가로 또다시 팔랑팔랑 날아가더니 귓속말을 했다.

("당신, 이건 절대로 무리예요.")

("……아니. 멋지다고 생각한다면, 될 수도 있지 않을까?")

("이 여자는 오크라는 종족 자체가 무리예요. 당신도, 이건 안 된다는 종족이 있겠죠?")

확실히 배시도 무리인 종족은 있었다.

예를 들면 리저드맨. 그 도마뱀 같은 외모의 종족과는 성교를 할 생각이 들지 않았다. 무엇보다도 수컷인지 암컷인지 분간조차 안 되는 것이었다.

그밖에는 킬러 비. 그 종족과 성교를 하더라도 태어나는 것은 전부 킬러 비인 것은 물론, 임신하면 남편을 먹어버린다. 배시는 평생에 단 한 번뿐인 성교를 하고 싶은 것이 아니었다.

그밖에도 성교에 적합하지 않은 종족은 얼마든지 있었다.

주디스의 마음속에서 오크가 그런 종족으로 구분되어 있다면 확실히 무리일 것이다.

("아내는 무리겠지만 멋지게 여겨진다면 다른 찬스가 있어요. 휴먼 여자는 다른 휴먼 여자와 연락을 주고받는 법이니까요. 어쩌면 오크를 무리라고 생각하지 않는, 다른 여자를 소개받을 수 있을지도 몰라요.")

("그렇군!")

배시의 뇌리에, 주디스와 마찬가지로 아름다운 여기사들이 죽 늘어섰다.

모두 배시 취향의 여자였다. 확실히 주디스는 아쉽지만, 그중의 누군가를 손에 넣는다면 괜찮으리라.

("아, 하지만 노골적으로 소개해달라고 그러는 건 엄금이에요. 휴먼 여자는 『환승』을 정말 싫어해요.")

("그러면, 어떻게 말하면 되지?")

("그러네요……. 만남을 원하고 있다, 같은 표현이라면 괜찮을지도 모르겠네요.")

배시는 음, 고개를 끄덕였다.

역시 젤은 의지가 된다. 자기 혼자였다면 이런 수준의 지혜까지는 나오지 않았을 것이다.

"주디스. 부탁이 있다."

"부탁?"

"나는 이번 같은 만남을 원하고 있다. 떠오르는 건 없나?"

주디스는 그 말에 한순간 고개를 갸웃거렸다. 하지만 금세 퍼뜩 놀란 표정을 띠고 휴스턴을 봤다. 휴스턴은 바로 옆에서 배시와 주디스의 대화를 듣고 있었는데, 곧바로 고개를 끄덕였다.

"그렇다면 제게 생각이 있습니다."

"음…… 너한테?"

"하하, 이래봬도 저는 클라셀의 기사단장이니까요. 그런 정보도 모으고 있습니다."

기사단장이란 오크로 따지면 대전사장이다.

대전사장은 지휘관이다. 자신의 부하인 전사들을 항상 살피고 있다.

반대로 말하면 부하들을 살피지 않을 법한 남자는 대전사장이 될 수는 없다.

오크는 단순한 종족이지만 바보는 아니다. 지휘관에게 필요한 요소는 잘 알고 있었다.

배시처럼 뛰어난 전사가 뛰어난 지휘관이라고 단언할 수는 없는 것이었다.

그리 생각하면 기사단장이 부하인 여기사에 대해서 잘 아는 것도 납득이 갔다.

"엘프의 나라, 시나와시 숲의 마을로 가보십시오. 그러면 틀림없이 당신이 바라는『만남』이 있겠죠."

"엘프인가."

그것은 상상하던 소개와는 달랐다.

틀림없이 여기사 가운데 누군가를 소개해줄 것이라고 생각했다.

하지만 엘프는 좋다. 휴먼보다 번식력은 약하지만 오크와의 상성이 좋은지 그럭저럭 쉽게 임신하고, 마력이 강한 아이가 자주 태어난다.

오래 사는 만큼 몸은 튼튼한 데다가 아름다운 외모인 개체가 많기에, 오크 가운데서도 무척 인기가 있는 종족이었다.

반면이 마른 자가 많아서 일부 오크는 엘프를 꺼렸다.

하지만…… 배시는 그 일부에 포함되지는 않았다. 엘프는 현재 오크의 나라 번식장에도 없으니까 프리미엄이라는 느낌도 있었다. 아내로 데려갈 수 있다면 영웅으로서의 체면도 지킬 수 있을 것이다.

("엘프인가요. 나쁘지 않네요! 당신!")

("그래! 그럼 바로 가보도록 할까.")

배시는 만족하고 발길을 돌렸다. 그것을 보고 휴스턴이 놀란 표정을 띠었다.

"어? 어디로?"

"시나와시 숲이다."

그렇다. 시나와시 숲은 그리 멀지 않지만 요새 도시 클라셀과는 반대 방향에 있었다.

클라셀로 돌아갈 필요는 없었다.

"……하룻밤, 클라셀에서 머무르시지 않겠습니까? 환영하겠습니다만?"

"그럴 여유는 없다."

배시는 한시라도 빨리 동정을 버리고 싶었다.

그것이 가능한 장소가 시나와시 숲이라면 한시라도 빨리 방문할 뿐이었다.

"오늘 밤에는 술집에서 축하의 술을 나눌 수 있을 거라 생각했습니다만."

"아직 축하의 술은 일러. 나는 아직 목적을 달성하지 않았으니까."

휴스턴은 조금 더 붙잡고 싶은 모양이었지만 이윽고 체념한 듯 훗, 웃었다.

"그렇군요. 알겠습니다. 그렇다면 붙잡지는 않겠습니다."

이야기가 이해되지 않는 병사들이 알 수 없다는 듯 배시를 돌아봤다.

보내도 되느냐, 그들의 눈빛이 이야기했다.

하지만 휴스턴도 주디스도, 아무 말도 하지 않았다.

그저 배시의 등을 지켜보고…… 아니, 주디스가 한 걸음 앞으로 나섰다.

"배시 경."

배시가 멈춰 섰다.

무언가를 기대한 것이었다.

"무운을 기도하죠."

어렴풋한 기대였다.

배시는 어깨너머로 주디스를 보고 고개를 끄덕였다.

그리고 천천히, 시나와시 숲 방향을 향해서 걸어가는 것이었다.

◇

"저기…… 이야기가 잘 이해가 안 됩니다만, 결국에 그는 뭘 하러 클라셀에 온 겁니까?"

마을 근처까지 왔을 때, 병사 하나가 말했다.

"응~? 모르는 건가?"

"예, 가능하다면 설명해주셨으면 해서."

휴스턴은 그 말에 고개를 돌려 주디스를 흘끗 봤다.

이제는 알겠지? 설명해라. 그리 말하는 것처럼.

주디스는 한숨을 내쉬며 설명을 시작했다.

"전쟁 종료 후, 오크 킹은 다른 종족과의 분쟁을 꺼리고 영합을 선택했다. 이건 알고 있겠지."

"예. 휴스턴 님도 조인식에 참가하셨죠."

"그렇지. 하지만 그 조인식에 출석한 오크 가운데도, 몇몇은 기분 나쁜 표정이던 녀석이 있었다고 그러지."

"기분이 나쁘다고 하면, 휴먼과의 화평에 반대하는 자가 있었다는 겁니까?"

"음. 오크는 본래 싸움을 좋아하는 종족이야. 태어났을 때부터 즐겁게 전쟁을 했는데 평화라니 바보냐, 나는 좀 더 날뛰고 싶어……! 그리 생각하는 녀석이 있었던 거지. 그것도, 잔뜩."

꿀꺽, 병사 하나가 숨을 삼켰다.

"그런 녀석들은 오크의 나라를 나와서 세계로 흩어졌다……. 그리고 각지에서 계속 날뛰고 있지. 이번처럼 말이야."

주디스는 휴스턴으로부터 오크에 대한 지식을 다소 얻었다.

그리고 일 년 동안, 휴스턴이 진행한 추방자 오크 사냥도 지켜봤다.

그래서 추방자 오크가 어떤 녀석들인지는 알고 있었다.

대부분의 추방자 오크는 오크 킹의 명령에 따르지 않는, 오크로서도 전사로서도 삼류인 남자들이었다.

하지만 그렇지 않은 추방자 오크도 존재한다고 전해 들었다.

전사로서 일류. 수많은 전장을 누비고 수백의 적을 죽인 맹자. 그들은 대체로 강하고, 그리고 교활하다. 살아남는 방법을 알고 있다.

"이번 사건도 확실히 오크의 소행이었죠……. 하지만 그것과 배시 경의 여행이 무슨 관계가 있다고?"

"너, 여기까지 듣고서도 아직 모르겠나?"

주디스는 고개를 절레절레, 어깨를 으쓱였다.

"다시 말해서 배시 경은 그런 오크 철면피들을 찾아내어 구제하려는 거야."

주디스로서는 알 수 있었다. 그는 올바른 기사였던 것이다. 자신을 다스리고, 섬겨야 할 주군에게 충실히 따른다. 그렇기에 거듭하여 오크 킹의 이름을 꺼낸 것이었다. 오크 킹이, 그리고 오크의 영웅인 배시가 지키고자 하는 것, 그것은…….

"오크라는 종족의 긍지를 되찾기 위해서, 말이지."

오크란 야만스럽고 야비한 종족이다. 대부분의 종족이 그런 상식을 가지고 있다.

그것은 틀린 이야기는 아니었다.

하지만 동시에 오크란 긍지 높은 전사이기도 했다.

자신의 몸에서 나온 녹을 스스로 떼어낼 수 있는 일류의 검이다.

그리 선전하기 위해 배시라는, 오크 가운데 유일무이한 영웅이 출장을 나온 것이었다.

"나는 이번 사건으로, 오크라는 종족에 대한 견해가 조금은 바뀌었어."

오크는 싫다.

언니를 망가뜨린 것도 오크. 휴먼을, 특히 여자를 같은 인간으로 취급하지 않는 종족이다.

아이를 낳기 위한 도구 같은 것으로만 생각하는 것이었다. 좋아하게 될 리가 없다.

하지만 그런 싫은 종족 가운데도 존경할 수 있는 자가 있음을 알았다.

기사로서 목표로 해야 할 인물이 있음을 알았다.

그것은 알게 된 것은, 틀림없이 큰 의미를 가진다.

주디스는 그리 생각한 것이었다.

"하지만 휴스턴 님은 처음부터 알고 계셨군요. 배시 경이 어째서 클라셀에 왔는지를."

"훗…… 뭐, 그렇지."

휴스턴은 희미하게 웃었다. 가장 처음에는 공포에 빠지고 흐트러졌다. 하지만 금세 그가 무언가 사명을 띠고 있음을 알았다. 바로 알아차릴 수 있었던 것은 휴스턴이 오크를 연구했기 때문이었다.

오크를 관찰하고 자세히 아는 것은 살기 위해서 한 일이었다.

하지만 이번에는 그 지식과 경험 덕분에, 그 영웅을 상대로 실례되는 태도를 취하지 않고 힘이 될 수 있었다.

휴스턴은 그런 자신을 자랑스럽게 생각했다.

"우리도 기사를 칭하는 자라면 저렇게 되어야겠지."

"그렇군요……. 앞으로는 배시 경처럼 될 수 있도록 계속 정신하고 싶습니다!"

주디스는 이번 일을 곰곰이 떠올리고, 결의했다.

그와의 만남을 잊지 않겠다.

그의 긍지 높은 행동들을 잊지 않겠다.

그리고 자신도 그와 같은 기사를 목표로 하겠다고…….

"뭐, 그 전에 너는 근신과 감봉이다. 배시 경을 봐서 기사권 박탈은 참아주지. 제대로 반성하라고. 너희도 말이다!"

"옛, 알겠습니다!"

"옛!" "옛!"

휴스턴과 주디스.

두 사람은 배시와 만날 수 있었다는 사실을 신에게 감사하며 요새 도시 클라셀로 돌아가는 것이었다.

에필로그

배시는 숲속을 걷고 있었다.

목표는 엘프의 나라, 시나와시 숲.

나무들이 울창한 숲은 무척 걷기 힘들었지만 배시의 발걸음은 경쾌했다.

페어리의 인도에 따라 그저 목적지로 걸어간다. 한 걸음 한 걸음 확실하게.

"시나와시 숲은 비교적 가까우니까 얼른 이동해요!"

"그래!"

배시와 젤.

전쟁으로 이름이 알려진 두 사람. 그들의 표정은 밝았다.

왜냐면 그들은 둘의 콤비로 수많은 전장을 돌파했다. 몇 번인가 패배는 있었지만, 그 이상의 승리를 쌓았다.

그래서 이번에는 실패했지만, 다음에는 반드시 성공한다. 다음에 실패하더라도 또 다음에 성공이 기다린다.

이제까지 그랬으니까.

두 사람은 간다, 목표는 엘프의 나라 시나와시 숲.

그곳에서 아내를 맞이하여 이 여행이 끝나리라 굳게 믿고.

그들은 아직 알지 못했다.

이 여행이 긴 여행이 되리라는 것을.

그 무렵.

어느 엘프는 휴먼의 파티에 출석했다.

휴먼 귀족이 주최한, 휘황찬란한 파티.

오른쪽을 봐도 왼쪽을 봐도. 호화롭게 차려입은 신사 숙녀가 생글생글 담소를 나누고 있었다.

전쟁 중, 찌푸린 표정뿐이었던 그 남자도 눈꼬리에 주름을 만들고, 이를 드러내어 포효를 터뜨리던 저 여자도 입가를 가리고서 오호호 웃었다.

그런 가운데, 어느 엘프는 어느 귀족 자제와 담소 중이었다.

내용은 어떠냐면, 휴먼의 앞날에 대해서.

"음. 그렇다면 역시 지금부터 시작될 시대, 장사에 학문, 그리고 예술의 발전이 핵심이 되나."

"그렇습니다. 그러니까 휴먼의 나라 전역에 학교를 만들고자 생각합니다만, 저희도 어차피 전사나 기사뿐이라 교양 따윈 전무한 자가 많고 교사가 될 수 있을 사람도 적어서……."

"교양이 있는 자는 이미 직접 행동하고 있겠군."

"예, 그래서 그들의 협력을 받아 교사를 기르기 위한 입문서 같은 것을 만들고자 움직이고 있습니다. 그에 대해서, 엘프에게도 협력을 부탁할 수 있다면 하여."

"연병서(練兵書)의 교사판인가! 그런 건 우리 엘프도 생각하던 참이야. 책이라는 형태로 남기려는 건 역시나 휴먼의 발상이라고 할까……. 놀라워! 오늘 밤에는 교육에 대해서 함께 이야기 나누지 않겠나."

"하하하. 기쁜 제안입니다만, 남녀가 같은 방에서 함께 보내게 된다면 오해도 사겠죠."

"어……?! 음, 흐흥. 『파성퇴』 멜츠 경씩이나 되는 자가 남의 소문을 신경 쓰는가?"

"예."

"어, 그…… 그래?"

"시험하지 마시길. 아무리 용감한 자라도 엘프 전원을 적으로 돌리려는 자는 없습니다."

"그, 그렇군! 하하, 그야 그렇지. 그래—, 하하."

엘프도 웃었다. 하지만 그 웃음은 주위 사람들의 쾌활하고 속 뜻 없는 웃음과 달리, 어쩐지 공허하고 메마른 웃음이었다…….

그녀는 아직 몰랐다.

『오크 히어로』가, 그녀와 같은 목적을 가지게 된 것을.

어느 드워프 소녀는 자신의 공방에서 검을 갈고 있었다.

공방 안, 검을 가는 드륵드륵 소리가 조용히 울렸다.

드워프 소녀는 어느 정도 갈아내자 이윽고 도신을 옆에 놓은 통 안에 담갔다. 빨간 물로 채워진 통에 도신을 담그자 수면에 검은 가루 같은 것이 화악 떠올랐다.

검을 다시 들어 소녀는 도신을 살폈다.

"좋아!"

"뭐가 좋은 건데?"

"!"

그 말에 소녀가 돌아보자, 그곳에는 또 다른 드워프 여자가 서 있었다.

"남의 공방에 무단으로 들어오지 말라고 전에 말했지……."

"잠가두지 않은 쪽이 잘못이야. 그래서, 뭐냐, 그 공정은. 새빨간 그 물은 뭔데, 염료라도 섞었어?"

"기업 비밀이야. 기술을 훔쳐 가는 건 허락 못 하니까."

"허, 너 말이지. 자기한테 훔쳐 갈 만한 기술이 있다는 생각이라도 하니? 즉흥적으로 이상한 공정을 추가할 여유가 있다면, 좀 더 공들여서 갈아."

"칫! 언제까지고 남을 얕잡아보고…… 그런 소리나 하러 왔어?!"

격앙한 소녀를 상대로 여자는 한숨을 내쉬었다.

"딱히 상관은 없지만 말이야. 그런 조잡한 일을 보면 누구라도 한마디 하고 싶어질 걸."

"바보 취급을…… 다음 무신구제에서 울상을 지어도 난 몰라."

"허, 너한테는 무리야."

여자는 비웃는 것 같은 말을 한마디 중얼거리고 공방에서 나갔다.

홀로 남은 소녀는 분하게 이를 갈며 자신의 검을 봤다.

그녀는 아직 몰랐다.

언젠가 『오크 히어로』가 자신의 검을 휘두른다는 것을.

비스트 공주는 자기 방에서 우울하게 밖을 보고 있었다.

그녀의 방에서 보이는 것은 새로운 마을이었다.

전쟁이 끝나고 삼 년 만에 만들어진 마을. 아직 모든 것이 새로운, 하지만 전통만큼은 존재하는, 뒤죽박죽인, 하지만 활기 넘치는 마을.

비스트 왕가는 이 마을을 부흥시키고자 필사적이었다.

공주로서는 모르는 일이지만, 이 마을은 과거에 빼앗긴 비스트족의 성지였던 장소.

비스트 용사 레토가 되찾은 마을이었다.

이 마을에 사는 사람은 모두가 용사 레토를 자랑스럽게 생각한다.

데몬 왕 게디구즈와의 싸움에서 그 왕과 공멸하듯이 죽은 용사.

비스트족의 자랑으로서, 사상 최고의 영웅이라고 일컬어지는 용사 레토……

"정말로 용사 레토를 자랑으로 생각한다면…… 어째서 그런 거짓말을 해야만 하지."

하지만 진실은 달랐다.

물론 용사 레토는 비스트족의 자랑이다. 그것은 틀림없었다.

허나 단 하나, 진실과 다른 것이 있었다. 용사 레토의 명예를 위하여 거짓말을 하는 부분이 있었다.

그렇기에 공주는 생각했다.

"역시 근절해야만 하는 거야."

공주는 증오가 담긴 시선으로 창밖을 봤다. 하지만 결코 그 시선은 마을 쪽으로 향한 것이 아니었다. 가슴속에 있는, 자신의 시커먼 감정을 향하고 있었다.

"복수를 달성하는 것이 레토 숙부님께 바칠 공물이 될 텐데."

그녀는 아직 몰랐다.

자신이 아는 사실 역시도 거짓이라는 것을.

그리고 언젠가 자신이 『오크 히어로』로부터 진실을 전해 듣게 된다는 것을.

어느 쌍둥이 동생은 오빠를 보고 있었다.

그저 열심히 검을 휘두르는 오빠의 모습.

동생은 계속 오빠를 돌보고 있었는데, 오빠에게 검의 재능이 없다는 사실은 보면 알 수 있었다. 아니, 어쩌면 재능이 있을지도 모르지만 독학으로 그것을 기를 수가 없다는 것은 알 수 있었다.

"허억…… 허억……."

"오빠, 물이에요."

"그래."

오빠는 동생이 건넨 물을 꿀꺽꿀꺽 모두 비우고는 또다시 검을 휘두르기 시작했다.

쌍둥이에게는 쓰러뜨려야만 하는 상대가 있었다. 아버지와 어머니의 원수로, 무척 강했다.

그래서 오빠는 검을 수행하고 있었다.

그 검으로 반드시 원수를 치겠노라 결심하고.

"……오빠, 곧 해가 져요."

"조금만 더."

"……저는 먼저 돌아갈게요."

오빠는 대답을 하지도 않고 계속 검을 휘둘렀다.

그녀는 포기했다. 그 적은 오빠 따위가 몇 개월, 아니 몇 년을 수행해봐야 이길 수 있는 상대가 아니었다.

아버지와 어머니의 원수를 물리치고 싶다는 마음은 있었다. 하지만 그 마음을 끝까지 관철한 결과, 마지막 육친인 오빠를 잃는 것은 싫었다.

하지만 오빠에게 복수를 그만뒀으면 한다고 말할 수는 없었다.

"어딘가의 누군가가 그 녀석을 죽여준다면 좋을 텐데."

그녀는 아직 몰랐다.

『오크 히어로』가 복수를 마무리해준다는 것을.

어느 서큐버스는 별 아래의 황야에 있었다.

별 아래에는 사람 마을의 빛이 있었다. 그녀는 마을을 보지 않았다. 그저 하늘을 올려다봤다.

떠올리는 것은 옛날 일. 전쟁 중에 수도 없이 싸운 자들.

그 무렵은 좋았다. 아무 생각도 없이 싸우고, 지치면 축 늘어지듯이 자고, 그렇다고 깊은 잠에 빠지지는 않고 적습 소식으로 다시 깼다.

계속 피곤했지만 충실했다.

'지금은 안 되겠네, 쓸데없는 생각이 떠올라버려.'

그녀는 떠올리고 만다, 이렇게 노숙을 하게 된 경위를.

서큐버스니까 마을에 머무르는 것조차 허락되지 않고 쫓겨난 경위를.

"평화라니 정말……."

서큐버스를 얕잡아보던 여자 영주의 얼굴, 서큐버스를 보자마자 혐오감을 감추려고 하지도 않는 사람들.

그들이 서큐버스를 앞에 두고서 입에 담은 것은 모멸과 조롱.

전쟁은 끝났다. 세계는 평화로워졌다.

세간에서는 그리 말하고 있지만 서큐버스에게는 그렇지 않았다. 안타깝지만 평화는 일부 종족만의 것이었다.

"빌어먹을 것들."

서큐버스는 별을 봤다.

일찍이 사막에서, 어느 오크와 함께 봤던 것과 같은 하늘을.

그녀는 아직 몰랐다.

『오크 히어로』가 세계에 평화를 가져다주리라는 것을.

어느 드래곤은 뼈와 함께 있었다.

그 뼈는 괴짜 드래곤이었다.

인간에게 흥미가 있어서 자주 사람들의 마을로 내려가서는 그들에게 두려움을 샀다.

드래곤으로서는 뼈가 왜 그런 짓을 했는지 알 수 없었다. 인간 따윈 먹을 것도 없는 자그마한 존재, 내버려 두면 될 텐데.

하지만 뼈는 계속 인간에게 흥미를 가졌고, 그뿐만이 아니라 인간과 교미하여 알까지 만들었다.

태곳적, 그런 드래곤이 없지는 않았다고 하지만 이해할 수 없는 이야기였다.

드래곤은 그런 괴짜가 싫지는 않았다.

뼈가 하는 인간의 이야기는 재미있었고 즐거웠다.

이야기의 내용 자체에 흥미는 없었으니까, 틀림없이 뼈가 즐겁다는 듯이 이야기하는 모습이 좋았을 것이다.

그런 뼈는, 어느 날 죽었다.

어느 순간, 자그마한 인간이 찾아와서 뼈를 설득해서는 데려가 버렸다.

그리고, 뼈는 뼈가 되었다.

인간들 사이의 전쟁에 참가하여, 싸우고, 죽은 것이었다.

뼈의 사체는 뼈를 쓰러뜨린 녀석들의 손으로 회수되었다. 인간에게 드래곤의 몸이라는 것은 귀중품으로 가득하다고 그러니까.

드래곤에게 뼈가 뼈로 변하여 돌아온 것은, 뼈를 데려간 작은 인간이 두개골만을 들고 왔기 때문이었다.

인간은 드래곤에게 필사적으로 사죄했다.

드래곤은 태어나서 처음으로 슬픈 심정을 느꼈다. 같은 종의 죽음을 경험한 것은 처음이 아니지만, 인간의 사죄가 너무나도 진지했기에 돌이킬 수 없는 벌어지고 말았음을 이해한 것이었다.

드래곤은 일 년 정도 슬픔에 잠겨서 보냈다. 이따금 근처를 날며, 인간을 죽여서 먹고 다녔다. 어째서 뼈는 전쟁 따위에 가담했느냐며 고민했다.

그런 감정이 가라앉았을 때, 문득 드래곤 안에서 이제까지 없었던 감정이 샘솟았다.

흥미였다.

드래곤은 인간에게 흥미를 가졌다. 이런 자그맣고, 약하고, 드래곤이 오면 이리저리 도망칠 수밖에 없는 인간이 어떻게 저 뼈를 죽일 수 있었느냐고.

그녀는 아직 몰랐다.

뼈를 죽인 것은 『영웅』이라 불리는 오크였다는 것을.

ORC HERO
STORY
오크영웅이야기
촌 탁 열 전

한담 "그 뒤의 주디스"

    그것은 주디스가 배시와 만나고 사흘 뒤의 일이었다.

    주디스는 그날, 부하 병사들과 함께 가도 경비를 명받았다.

    가도의 사건은 이미 해결되었을 터이지만 혹시 모르니 가도에 이상은 없는지, 전날 동굴에 잔당은 없는지 확인하고 이상이 없다면 청소라도 하고서 오라고.

    그런 쓸데없다고도 할 수 있는 임무가 주어진 것은 주디스 이하 몇 명. 지난날의 사건을 해결한 것과 같은 멤버였다.

    요컨대 벌의 일종이었다.

    휴스턴은 합리주의자다. 명령 위반에 벌을 주지 않는다면 다른 이들에게 본이 되지 않기 때문에 그리하지만, 근신은 시간 낭비라고 생각하는 타입이었다.

    이틀의 근신에 하루의 쓸데없는 작업.

    그 이상은 너희에게 여유 따윈 줄 수 없다고, 앞으로 매일의 격무가 벌이다.

    휴스턴은 넌지시 그리 말하고 있었다.

    주디스도 병사들도 그것을 알고 있기에, 조용히 그 임무를 받고 가도로 나선 것이었다.

    아무 일도 없이 끝날 임무라고 모두가 생각했다.

    하지만 그리되지는 않았다. 주디스 일행이 가도에 도착한 것과 거의 동시에 숲속에서 오크 하나가 기어 나왔기 때문이었다.

일반적인 그린 오크. 한 손에는 커다란 도끼가 있고 등에는 큰 곤봉을 메고 있었다.

싸움이 벌어진다면 양손에 무기를 들고서 싸울 것이다.

"오크인가. 이봐, 거기 너, 이런 곳에서 뭘 하고 있지?"

배시와 만나기 전이라면 문답무용으로 구속했을 참이었다. 혹은 만난 뒤인 지금이라면 숲에서 오크가 나와도 그다지 신경 쓰지 않고 넘어갔을지도 모른다.

하지만 지금은 가도 경비 중이었고 숲에서 나온 자는 수상쩍었다. 수하를 할 수밖에 없었다.

"어째서 네놈한테 그런 걸 이야기해야 하는데?"

"내가 클라셀의 기사 주디스이고, 현재 이 길을 경비하고 있으니까."

"허…… 그 목소리에 그 이름…… 여기사인가……."

오크가 천박한 웃음을 띠었다.

지금부터 너를 쓰러뜨리고 범해주겠다는 태도가 여실히 전해지는 미소였다.

자세히 보니 체형 하나로도, 팔 둘레는 두껍지만 배시와는 달리 배가 나왔고 위압감 같은 것은 전혀 느껴지지 않았다.

"……추방자 오크인가."

"헷, 그렇다면 뭐가 어쨌는데."

"딱히 아무것도 아니다. 어째서 너희 추방자는 오크 킹의 규율을 지키지 않고 나라 밖으로 나오는 걸까 싶어서."

"허, 그야 뻔하잖아. 오크가 이미 끝났으니까. 오크의 긍지는 잃고, 어느 놈이든 가축 같은 매일을 보내고 있어. 너희 휴먼은 우리를 돼지라고 부르는 모양인데…… 너무 그 말 그대로라서 화 낼 기운조차 잃었어."

"그래서 나라를 나왔다고?"

"그래! 이 몸이 오크의 긍지라는 녀석을 다른 종족에게 가르쳐 줄 생각이거든! 헤헤, 우선은 너다, 여기사! 엉망진창으로 범해서 내 아이를 낳게 해주지."

주디스는 노골적으로 얼굴을 찡그렸다.

떠오르는 것은 불과 사흘 전에 만난 오크의 얼굴이나 언동이었다.

"영웅이라 불리는 자와 추방자로 전락한 자는 이다지도 다른 가……."

"영웅이라고?! 네가 배시 씨에 대해서 뭘 아는데?"

"전날, 만났다."

"……뭐?"

"그분은 뒤떨어지지도 않고, 자포자기하지도 않고, 오크의 긍 지를 회복시키려 했다. 너와는 다르게 말이야."

"배시 씨가, 오크의 긍지를……?"

"그래."

주디스는 정중하게, 며칠 전의 일을 가르쳐주었다.

배시가 얼마나 신사였는지, 휴먼인 자신이 얼마나 실례되는 태 도를 취했는지, 그것을 개의치도 않았는지. 그리고 얼마나 자신 이 어리석고, 그런 어리석은 자신을 배시가 어떻게 구해주었는지 까지 적나라하게.

그리고 배시가 어떠한 뜻을 가지고 여행을 시작했는지를. 억측을 섞어서.

"설마 배시 씨가 그런…… 여기사를 눈앞에 두고 범하지도 않았다니……."

"배시 경은 너 같은 덜떨어진 녀석이 아니야. 오크 킹이 정한 규율에 따르는 거지. 자신의 본능을 억누르고서. 그렇기에 나 같은 어리석은 자도, 오크는 긍지 높은 종족이라 인식할 수 있었다."

"배시 씨, 며칠인가 모습이 안 보인다 싶었더니……."

"자신을 버리고 종족을 따른다. 좀처럼 할 수 있는 일이 아니야. 너도 본받으면 어떠냐?"

주디스는 그리 말하고 검을 뽑았다.

아무리 말해봐야 어차피 추방자 오크다. 주디스의 말 따윈 도발로 받아들일 것이다. 우쭐대는 암컷이 범해지기 전에 떠들어댄다, 정도로나 생각할 것이다.

이제까지 계속 그랬다.

주디스는 추방자 오크와의 교전 경험이라고는 셀 수 있을 정도뿐이었지만, 그래도 그 전투에서는 모두 그랬다.

"……."

"응?"

하지만 추방자 오크는 발길을 돌렸다.

여전히 도끼는 들고 있지만 싸울 생각은 없는지 축 늘어뜨리고 있었다.

"왜 그러지? 어디로 갈 생각이냐?"

"그야 뻔하잖아. 돌아갈 거야."

"별일이군. 이제까지의 추방자 오크는 나를 보자마자 금세 화를 내며 덮쳐들었는데……."

"그래, 너 같은 것한테 바보 취급을 당한 채로 등을 보이는 건 마음에 안 들지만…… 배시 씨가 오크의 긍지를 되찾고자 움직여 주시는데 내가 폐를 끼칠 수는 없잖아. 너희가 어떻게든 이 몸이랑 붙고 싶다면, 나도 오크다. 긍지를 위해서 싸우겠지만……."

"아니, 돌아간다면 막지는 않겠다."

오크는 콧소리로 웃음을 흘리고는 덤불로 돌아갔다.

주디스는 살짝 어안이 벙벙한 모습으로 그것을 보고 있었다.

이제까지 추방자 오크라면 이성 따윈 한 조각도 없는 자들이었다. 그래서 주디스도 그리 취급했고, 휴스턴은 곧바로 죽이라고 명령했다.

실제로 눈앞의 오크 역시도 이제까지와 전혀 다르지 않은 태도를 취하고 있었다.

하지만, 어떻게 되었나.

배시의 이름을 꺼낸 순간, 역전의 전사 같은 이지적인 눈빛이 되어 돌아갔다.

『오크 히어로』. 주디스조차 감명을 받을 정도의 인물이었는데, 역시나 나라 안에서는 절대적인 신뢰를 얻고 있는 것이리라.

"추방자 오크가 저렇게나 순순해지다니…… 우리는 생각보다도 더 굉장한 인물과 만나고 만 모양이군요……."

병사들이 툭하니 중얼거렸다.

주디스도 같은 심정이었다. 『오크 히어로』 배시. 이렇게 추방자 오크와 비교해보면…… 아니, 이제까지 만났던 휴먼들과 비교해도 영웅이라 불리기에 걸맞은 인물이었다.

"그렇군. 휴스턴 님께서 굽실굽실하실 수밖에."

"그러는 주디스 님도 다음에 만나면 굽실굽실하시겠죠?"

"다음에 아이를 낳으라고 그러면 거절 못 할지도 모르겠어."

오크는 싫다. 보는 것만으로 혐오감이 솟구친다.

"농담은 제쳐두고, 얼른 녀석들의 둥지로 가자고. 휴스턴 님은 내일부터 이 이상의 격무를 마련해두고 계신 모양이야. 배시 경에게 실례를 끼친 만큼은 갚아야겠지."

"실례를 끼친 건 주디스 님뿐이잖아요."

"시끄러워, 간다."

하지만 그런 오크 가운데도 예외는 있다고, 주디스는 다시금 생각하는 것이었다.

후기

여러분 처음 뵙겠습니다. 혹은 이전에 어디선가 제 작품을 읽은 적이 있으신 분은, 격조했습니다. 리후진 나 마고노테라고 합니다.

우선은 이 자리를 빌려『오크 영웅 이야기』를 손에 들어주신 여러분께 감사를 드리고자 합니다.

여러분, 정말로 감사합니다.

……여기서 "○○에게 바친다" 같은 이야기를 쓴다면 멋있을 테지만, 애석하게도 친구도 적고 어딘가의 영웅처럼 독신귀족으로 유유자적하게 살고 있는 제게는 바칠 상대도 없습니다. 어디 굴러다니지는 않을까요.

조금 더 말하자면 후기라는 것을 쓰는 것도 처음이라 무엇을 쓰면 좋을지조차 모르겠습니다.

아니, 정말로 뭐라고 쓰면 되는지…… 그리 생각해서 트위터에 물어봤더니, 이 이야기를 쓰게 된 계기나 근황 따위를 쓰면 된다고 가르쳐주셨습니다. 그렇다면 그렇게 하겠습니다.

이 이야기를 쓰게 된 계기를 이야기하자면, 역시 피할 수 없는 것은 편집 U와의 만남에 대한 이야기겠죠.

솔직히 어떻게 만났는지 전혀 기억이 안 납니다만. 뭐, 애매한

부분은 적당히 날조해서 보충하겠으니 양해해주시길.

그것은 199X년. 세계가 핵의 불꽃으로 뒤덮였을 무렵의 이야기로, 저희 집 주위를 모히칸 남자가 바이크를 타고서 빙빙 돌던 것을 기억합니다. 틀림없습니다.

인도어파인 저는 바리케이드로 둘러싸인 집 안에서 소설가가 되자의 마이페이지를 열고 있었습니다. 모히칸에게 당하기 전에 『무직전생』의 감상란이라도 살펴봐야겠다고 생각한 것입니다.

그러자 그곳에 빨간 글자, 누군가로부터 메일이 와 있었습니다.

그 메일에는 같이 일을 하고 싶으니까 흥미가 있다면 답변을 달라, 라는 취지의 내용이 적혀 있었습니다.

『무직전생』이 완결되고 다음 작품도 아직 쓰고 있지 않을 무렵의 제게, 말입니다.

딱히 일을 하고 싶지도, 흥미가 있지도 않았지만 왠지 모르게 저는 답신을 했습니다.

그러자 세상에나! 편집부의 돈으로 밥을 살 테니까 나고야까지 잠깐 나와 달라고 그러는 것입니다.

저는 두말할 것 없이 그 제안에 매달렸습니다. 어쨌든 이미 사흘이나 농성하고 있었기에 식량이 떨어지려던 참이었으니까요.

저는 메일을 보낸 편집 U와 만날 약속을 하고 집을 뛰쳐나왔습니다.

그리고 그때 속았다, 라는 사실을 깨달았습니다.

그렇습니다. 집을 나온 순간에, 못 박힌 방망이를 든 모히칸이 기다리고 있었던 것입니다…….

이리하여 저는 편집 U와 만났습니다.

그 후로는 같이 서던 크로스에 잠입하여 십자릉에 오르거나, 우물을 찾아서 마을을 습격하거나, 우와라바라고 하면서 폭발사산하거나, 녹턴 소설인『동정 오크의 모험담』에 영향을 받거나, 그러면서『오크 영웅 이야기』집필이 개시되었습니다만, 자세한 이야기는 훗날에 다시 하는 것으로……

그런 느낌으로 글자 수도 벌었으니까 진지하게 쓰겠습니다. 슬슬 혼이 날 것 같으니까요.

이 작품,『오크 영웅 이야기 ~촌탁 열전~』은 한 영웅이 동정을 버리려고 발버둥치는 사이에 어째선지 수많은 사람을 구하거나 나라를 구해버리는, 그런 이야기입니다.

그다지 성장하지는 않을지도 모르겠습니다만, 읽은 사람이 쿡쿡 웃으면서 자랑스러운 심정을 느낄 수 있을 법한, 그런 이야기를 목표로 나아가자고 생각합니다.

여러분, 부디 따스한 눈빛으로 지켜봐 주신다면 좋겠습니다.

부디 잘 부탁드립니다.

──그럼 다시금.

편집부 여러분, 멋지고 야한 일러스트를 그려주신 아사나기 씨,『무직전생』일 탓에 주력하지 못하고 많은 폐를 끼쳤습니다 편집 K씨, 그밖에 이 책에 관여해주신 모든 분들.

그리고 소설가가 되자에서 이 소설을 즐겁게 읽어주시는 분들, 응원의 말을 건네어주신 분들.

정말로 감사합니다.

리후진 나 마고노테

Next Episode

다음 권 예고

다음 신부 후보를 찾아서 엘프의 나라에 다다른 배시는
충격적인 사실을 알게 된다.
"위험한 사실이 판명되었어요! 위험해요! 진짜 위험해요!"
"무슨 일 있었나?"
"세상에, 세상에, 세상에나! 지금, 엘프의 나라에서는⋯⋯."
"이종족과의 결혼이 유행이라고 해요!"
천재일우의 기회를 『오크 히어로』는 붙잡을 수 있을 것인가?!

인터넷에서도 굴지의 인기를 자랑하는 히로인,
선더 소니아가 드디어 본격 참전!

시나와시 숲 편

제2신부 후보
선더 소니아
Next Heroine
Thunder Sonia

제2장 엘프의 나라

ORC EIYU MONOGATARI Vol.1 SONTAKU RETSUDEN
©Rifujin na Magonote, Asanagi 2020
First published in Japan in 2020 by KADOKAWA CORPORATION, Tokyo.
Korean translation rights arranged with KADOKAWA CORPORATION, Tokyo.

오크 영웅 이야기 1 ~촌탁 열전~

2024년 4월 15일 1판 3쇄 발행

저　　　　자	리후진 나 마고노테
일 러 스 트	아사나기
옮 긴 이	손종근
발 행 인	유재옥
이　　　　사	조병권
출판본부장	박광운
담 당 편 집	정영길
편 집 1 팀	박광운 최서영
편 집 2 팀	정영길 조찬희 박치우 정지원
편 집 3 팀	오준영 이소의 권진영
디자인랩팀	김보라 박민솔
디지털사업팀	박상섭 김지연 윤희진
라이츠사업팀	김정미 맹미영 이윤서
영업마케팅팀	최원석 박수진
물 류 팀	허석용 백철기
경영지원팀	최정연
인쇄제작처	㈜코리아피엔피
발 행 처	㈜소미미디어
등　　　　록	제2015-000008호
주　　　　소	서울시 마포구 토정로222, 403호 (신수동, 한국출판콘텐츠센터)
판매 및 마케팅	(070) 8822-2301

ISBN 979-11-384-1036-6 04830
ISBN 979-11-384-1035-9 (세트)